人物叢書

新装版

紀貫之

きのつらゆき

目崎徳衛

日本歴史学会編集

吉川弘文館

紀貫之肖像（『佐竹本三十六歌仙』所載）

藤原定家臨摹『土佐日記』

伝藤原行成筆『貫之集』

紀貫之の墳墓（堀沢祖門師提供）

はしがき

紀貫之の名は平安時代の誰よりも有名なのに、その伝記は今日まで一冊も世に行われていないようである。もしこの本にいくらかでも存在意義があるとすればその点だけであろう。

国文学者によって書かれるべき歌人の伝を歴史学の研究者である私が試みたのは、学窓の頃から古代思想史の領域では国文学とのもっと密接な接触が必要ではないかという考えを持っていたからである。戦後『万葉集』についてその点はやや満たされた観があるが、平安時代史についてはほとんど未開拓のままなので、与えられた機会に以前の考えを具体化してみたいと思った。

貫之の伝記は家集を縦横に利用しなければならない。平安時代の私家集はひとり

『貫之集』だけでなく本文批判が第一の苦労であるが、幸いに『貫之集』には萩谷朴氏の練達な校勘がある。また貫之についてのこれまでの研究は二－三の論点に集中しているけれども、それだけでもおびただしい論文がある。私は門外漢としてそれらの成果を虚心に傾聴したが、読み落した論文もあり身の程知らずの私見を遠慮なく吐いたところもあって、学界の寛容と教示を乞いたいと思う。

私が多少とも努めた点は、貫之の長い生涯を寛平・延喜から承平・天慶にかけての古代政治社会の一大屈折の上に浮彫りすることであった。文学者の個性は単に時代の諸傾向のみによって説明しつくせぬエトヴァスを含むことに私は留意しなかったわけではないが、一般に歴史学の側から個人を把える唯一の方法は彼と時代との関連であるだけでなく、別して貫之はつくづくと時代の児だったと思うのである。

この貧しい仕事でもそれが形を成すまでに蒙った学恩を数え立てれば切りもないが、ここでは特に刊行についていろいろお世話を頂いた東京大学史料編纂所の斎木一馬助教授と、片田舎に住む私のために常に親切な助力を惜まれない阿部善雄・落合辰一郎・田中健夫・山中裕の四氏に感謝を述べておきたい。それからこの研究に対して昭和三十五年度文部省科学奨励研究費を受けたことを附記する。

私は終戦直後から最近まで十年余りを療養のために費した。貧乏の最中に母を失い、家計も看護も育児も一切を妻の手に委ねた来し方をふり返ると、この小さな本に対しても大げさにいえば「生命なりけり小夜の中山」の気持がする。

昭和三十六年七月

目崎徳衛

目次

口絵

挿図

はじめに

子規の罵倒

「貫之は下手な歌よみにて、古今集はくだらぬ集に有レ之候。」と正岡子規が新聞『日本』に書いたのは、明治三十一年二月のことである（「再び歌よみに与ふる書」）。これは紀貫之が死後一千年目に蒙った致命傷であった。

それより少し前にも、与謝野鉄幹が「王朝の文漫りに綺麗を喜び、気魄・精神、一の丈夫らしきものなし。」として、これを「亡国の音」だと威丈高に罵倒したが（明治二十七年『二六新報』）、それはまだ直接に貫之一人を眼の敵にしたわけではなかった。ところが子規は、「其貫之や古今集を崇拝するは誠に気の知れぬこと」で、とはいうものの自分も久しくたぶらかされていたが、「三年の恋一朝にさめて見れば、あんな意気地の無い女に今迄ばかにされて居つた事かとくやしくも腹立たしく相成候。」と情容赦もない毒舌を振い、しかも彼の衣鉢を嗣ぐ「アララギ」が歌壇を制覇して、万葉を学べ、短歌はそれでよいといった調子になってしまったから、憐れむべし貫之の文学史的地位も地に墜ちっ放しで今日に至っているのである。

従二位追贈

皮肉なことに子規が歿して間もない明治三十八年に、国家は貫之が「古今和歌集を選びて和歌の道衰へ頽れたるを引返し、歌詠むべき準則を論ひて、後世に至るまで便りあらしめ」(『祭祀録』原宣命体)た功績を嘉して、墓前に荘重な祭典を行ない、従二位を追贈したが、それは文学者たる貫之の生命の回復には何の関わりもないことであった。

生前死後の栄光

もし生前無名のままで果て、死後も長く埋もれていても、後世具眼の士によって真価を発掘されることが、文学の徒の光栄だとすれば、貫之の運命は正しくその逆である。彼は生前すでに鬱然たる巨匠と仰がれていた。亡くなる二年前の天慶六年(九四三)にこういうことがあった。大納言藤原師輔は、正月一日の朝賀に着用する束帯のアクセサリーである「魚袋」というものが破損したので、父の太政大臣忠平から借り受けて朝儀を果した。その品を父に返却する時お礼の和歌を添えようとしたが、儀礼を重んずる師輔は自分も和歌をたしなんだにもかかわらず、わざわざ歌壇の巨匠貫之に依頼して歌を作ってもらった。そしてその依頼のために彼は自ら駕を身分の低い貫之の家に枉げたので、時の人々は「わたりおはしたるを待ちうけましけん面目、いかゞ愚かなるべきかな。」と驚嘆した（『大鏡』）。

このような名声と殊遇は、壮時『古今集』を編纂してから約四十年もの間、貫之が保持しつづけたものだったが、死後もますます高まる一方で、『後撰集』は全く『古今集』を宗として撰ばれたし、『拾遺集』時代の指導者四条大納言公任に至っては貫之を柿本人麿にも優る歌詠みと評価していた。つまり三代の勅撰集はみな貫之の呪縛のもとに作られたのである。

下降する評価

藤原清輔の『袋草紙』という歌学書によれば、ある時公任は後中書王具平親王と人麿・貫之のどちらが優るかを議論して、論より証拠と秀歌十首ずつを選んで合わせてみたら、八首は人麿が勝ち、貫之は一首しか勝たなかったという。この逸話は道長時代以後貫之の評価がようやく客観的になって来て、その名が少々実に過ぎるのではないかという反省が起って来たことを示すものであろう。

伝藤原行成筆三十人撰

四番目の勅撰集『後拾遺集』から『千

人麿十首

きのふこそとしはくれ
しかはるかすみかすか
のやまにはやたちにける

あすからはわかなつま
せんかたをかのあしたの
はらはけふそやくめる

貫之十首

とふひともなきやとなれと
くるはるはやへむくら
にもさはらさりけり

ゆきてみぬひともしのへと
はるのゝのかたみにつめ
るわかななりけり

載集』までの四集に貫之の作が一首も採用されていないのは、あながち彼だけが無視されたのではなく、凡河内躬恒・壬生忠峯等『古今集』の他の有力作家も同じことだが、これは彼らによって樹立された『古今集』の歌風を否定して、別に新風を開こうとする意図によるのであった。つまり貫之らは依然として挑むべき高峯と見られていたものの、前代の無条件の随喜はすでに失せていた。

定家の批判

その後を承けた『新古今集』の歌人藤原定家は、貫之の歌が「心たくみにたけ及びがたく、言葉つよく姿もおもしろきさまを好み」、つまり理智的・技巧的作風に偏して、「余情妖艶の躰をよまず」（『近代秀歌』）と批判して、六歌仙時代の溢るる抒情の作風に復ろうとした。これは源経信・同俊頼・藤原俊成らによって育てられて来た平安末期の新風を完成させたのだが、以後中世を通じて定家の子孫二条家の権威は世を覆い、それに引き替え貫之などの歌はもはや古風過ぎてピンと来なくなって行ったので、『安斎随筆』（伊勢貞丈著）にいうように「貫之を軽んじて後の定家を重くする」大勢は中世から近世へと続いた。

近世後期に至って香川景樹が、『古今集』によって「大和歌の道再び古に復りて今に逮べ」ることを口を極めて賞讃し（『古今和歌集正義』総論）、貫之の歌風に学んで「桂園派」を興したことは、久しく下降一途だった貫之の位置を大いに持ち直したものであった。そして貫之のもう一つの大きな仕事だった『土佐日記』の研究が近世になってだんだん進んで、以前よりも多面的に彼を把えるようになったこともこの再認識を助けた。ところがなまじ「見識の低きことは今更申す迄も無」い景樹一派に崇拝されたのが災いして、子規・鉄幹の堂上歌風攻撃の巻ぞえを食って、今度こそ貫之の地位は奈落の底まで転がり落ちてしまったのである。

評価のバランス

貫之の死後千年の運命をたどって見れば、大体こんな風になるが、さて私はいま貫之の像を作ろうとして、彼の下降一途の運命を逆転して、ふたたび彼に生前のあの栄光を纒いつかせてやるべき義理もない。けれどもたとえば貫之の豊かな文学的業績が、「年のうちに春はきにけり一年を去年とやいはむ今年とやいはむ」という下らぬ歌を選りに選って『古今集』の巻頭に据えた千慮の一失などによって、頭から否定されてしまった形になっているのも、少しばかりバランスを失していると思うのである。

多面的才能

なるほど貫之の歌は、宮廷の命に応じて詠進した屏風歌のように、インスピレーション無しにこしらえた作品がその大部分を占めるから、全体として奔放不羈の詩人的情熱に欠けている。それは彼がたとえば在原業平のような天性の詩人でなかったことの悲しさである。しかし彼が純粋の詩人タイプでなかったことが、逆に幸いして『古今集』編纂におけるあの卓抜な指導力と、後世長く信奉された「古今集序」の理論家的能力を彼に賦与したとも考えられる。私は第一に彼のこういう多彩な才能をもっと綜合的に考えてみたい。

私生活と人間性

貫之の人間性そのものについても、彼の華やかな公人としての活動面からだけ見た「謹直励精な性格」といった紋切型の評語がこれまで大体において信ぜられていた。貫之の伝記が書かれなかったのも、この人間的魅力の欠乏という先入見が最大の理由だったようである。しかし彼の私生活に立ち入ってみると、彼もまた一個の文学者たるにふさわしく、なかなか興味深い人間性の持主なのである。私は第二に彼の人間性を史料豊かなその私生活を通じて把えたいと思う。

時代の児

第三に貫之の生きていた時代と、彼の精神の屈折・変容の関係がまたなかなか面白い。老境に入るまで終始順調すぎる生活を送った貫之が、時勢の激変に遭って思いも掛けない失意孤独の老年を味わわなければならなくなり、それが彼の文学の上にもある程度の影響を与えたことは、これまでその各々の時期の所産である和歌と『土佐日記』が別々のジャンルに属する理由から、ほとんど連関的・統一的に考察されていなかった。しかし寛平・延喜から承平・天慶にかけての半世紀こそは、古代政治社会の一大屈折の時期であって、貫之の七十余年の生涯はその屈折を一身に象徴する観がある。世の片隅につつましく生きた人の生涯を発掘するのも面白いが、個人の伝記がそのまま一つの時代を展望する結果になるのは、より以上に魅力的なことである。

　鴨長明の著といわれる『無名秘抄』にこういう話がある。昔、検非違使別当某と大宰帥某が貫之と躬恒の優劣を論じ合ったが結末が付かなかったので、その尻を当時の第一人者の源俊頼に持ちこんだ。すると俊頼は「度々打うなづきて、躬恒をば、なあなづらせ給ひそ」——躬恒は馬鹿になりませんよといったので、問者は言外の意味を悟ったという。これは貫之の評価が下落しはじめた当時の挿話だが、今ここではこの話を逆にして、「貫之をば、なあなづらせ給ひそ」という程度のことを、この伝の見透しとして言っておいてもよかろうと思う。

〔第四版追記〕本書の初版の出た十年余り前には、この程度の控え目な「見透し」しか私には書けなかった。しかし近年、貫之や古今集に対する明治以来の否定的評価に対する根本的反省は、詩人・評論家などの中から澎湃として起こり、国文学界の認識も又従って改まりつつあるかに見える。大岡信氏の好著『紀貫之』（日本詩人選）などは、まさに貫之復権の宣言であろう。貫之の文学に対する私の考えも、この十年間にいくらかは深まった。今くわしく触れることはできないが、小著『在原業平・小野小町』（日本詩人選）、特にその巻末に収めた「古今的なものについて」という論文に、ごく簡略ながら述べておいた。参照願えれば幸いである。

（昭和四十八年一月）

一　貫之を形成したもの

1　出生をめぐって

出生の諸説

まず文学者としての貫之を形成したさまざまな要因を考えてゆこう。しかし何を言うにも伝記の常識として人物の出生がはっきりしないと、以後の記述はすべて朧ろげな話になってしまう。ところが多くの古代人の例に洩れず、貫之の生年についても確かな史料がないので、後人がいろいろな説をなしている。これを整理すると大体貞観初年（八五九年頃）、貞観十四乃至十六年頃、元慶七―八年（八八三―八八四）頃の三説となる。

この中で元慶七―八年という説は問題にならない。というのは寛平五年（八九三）

以前に成立した『是貞親王歌合』『寛平后宮歌合』に貫之の作品が見えるから、すると十歳に満たない彼が多くの秀歌を作ったことになるからである。この説は中世の諸書に見えるのだが、学術の荒廃した当時の文献には実に無稽の妄説が沢山あって、たとえば貫之の名の由来について『月刈藻集』というものには、彼はもと「實之」と称したが、小朝拝の節会の時誤まって冠を落したので、上達部たちが實之が冠を落せば貫之だと囃し、それから貫之と称したのだ、などという小咄みたいな説もある。同じく中世の『古筆家秘書』（『大日本史料』所引）というものには、昌泰元年（八九八）生れとあるそうだが、すると数え年八歳の貫之が『古今集』撰進を仰せつかるというまことに目出度い次第になる。

次に貞観初年生れとするのは香川景樹の説である。景樹は貫之が撰者の魁首となったことからしても、延喜五年（九〇五）の『古今集』撰進の頃すでに若年ではなかったろうと考えて、当時彼は四十四－五歳だったろうと推定した。そうすると貞観初年の生れで、歿年は八十四―五歳となる(『古今和歌集正義』)。

これに対して谷馨氏は景樹の説は高齢すぎるとし、『土佐日記』の一節に、

海賊むくいせんといふなることをおもふ上に、海のまた恐ろしければ、かしらもみな白けぬ。七十ぢ八十ぢは海にあるものなりけり。

といふ記述があって、ここで急に七十路・八十路の老いを知ったというのだから、土佐から帰京する承平四年(九三四)には貫之はまだ七十歳になっていなかった筈だとした(『和歌文学論攷』)。西下経一博士もほぼ同説で、「仮に寛平五年を二十歳とすると、延喜五年は三十二歳となり、卒年は七十三歳となる。私はその位であろうと思う。」と論じた(『日本文学講座』「紀貫之」)。

出生は貞観十四年頃か

これらの説は大変合理的な推論で、貫之の生涯の諸事実と少しも矛盾しない。のみならず富士谷御杖の『土佐日記燈』に引く「野道生が附註」というものに、「延喜五年古今集をえらばれしは三十四歳、天慶九(五カ)年七十九歳にて卒せられたる

よししるされ」たという中世以来の一所伝とも期せずしてほぼ一致する。附註の説によると貫之は貞観十四年（八七二）生れとなる。これを不動の説とする根拠は何もないが、合理的に推定した結果と符合する古伝だから一応その顔を立てて、私は仮りに貫之の生年を貞観十四年の辺に定めておくことにしよう。

貞観十四年のできごと

ところでその貞観十四年はどんな年だったろうか。貫之の生れ合わせた時代をうかがうために、ちょっと『三代実録』を開いてみると、一月京に「咳逆病」が流行して沢山の人が死に、人々は折しも滞在していた渤海国の使節が「異土の毒気」を持って来たと噂をした。そして三月には全盛を極めた太政大臣藤原良房もこの病に罹り、清和天皇は「功三代に高く、位上品を極め、仁襟九州を被ひて余りあり、徳水千里に露はれて尽くるなき」この外祖父の、長年月の「顧復保佐の勤」を嘉して度者（出家得度した者）八十人を賜い、天下に大赦して回復を祈った。しかしその甲斐もなく、九月二日良房は「東一条第」に薨じ、源融が左大臣、良房の養子基経が右大臣に任ぜられて基経時代の幕が開かれた。

これより先七月には四品弾正尹惟喬親王が「疾に寝ね、頓に出家して沙門と為」り、さらに遡って五月には正五位下行右馬頭在原朝臣業平が、勅を奉じて「鴻臚館に向ひ、渤海の客を労問」している。これらの人物はみな貫之の生涯に直接・間接に浅からぬ因縁をもつ人々だが、これらの人々の織りなす時勢が彼の精神形成の底流としてどんな作用をしたかを語る前に、貫之の父母について述べるのが順序であろう。

父紀望行

貫之の父は『勅撰作者部類』や『紀氏系図』が一致して紀望行と伝えている。尤も正続の『群書類従』に収められた数種の『紀氏系図』は、どれもこれも飛び切りでたらめで、私は後に述べる紀氏の系譜を考えた時、系図を一往全く捨てて、『六国史』や『公卿補任』を基に新たに作り直さねばならなかった程だから、この場合にも有力な異説があれば無論再考しなければならない。

文幹という異説

異説としては『毘沙門堂本古今集註』その他中世の諸書に見える紀文幹がある。しかし文幹は天慶七年（九四四）すなわち貫之の死の前年に、大暴風雨のため京中の家々が沢山倒れた時、「信濃守従五位下」の身で圧死した人だから（『日本紀略』）、とても貫之の父となる資格はない。父は望行と断定していい。

望行の遺作

望行は下野守紀本道の男で六位で終ったらしく（『勅撰作者部類』）、『古今集』（十六）に

桜をうゑ（植）て有けるに、やうやく花さきぬべき時に、か（彼）のうゑ（植）ける人身まかりにければ、其花を見てよめる

花よりも人こそあだになりにけれいづれをさきに恋ひんとか見し

と、散る花よりもはかない人の命を嘆いた、しみじみとした一首を遺している。この一首だけから望行の人と為りを想像するわけには行くまいが、『古今集』の撰者貫之や友則が父であり叔父である望行の作品から一首を採るとすればこれだとして選んだ結果なのだから、それは望行の生涯や性格をよく象徴しているに違

いない。

望行の経歴

望行は紀興道の孫、本道の子で、有朋の兄弟であるという系譜のほかはさっぱり明らかでない人で、平安末期に藤原仲実の著わした『古今和歌集目録』にも「承和比の人。官史云々。」などと甚だたよりない断片的記事があるだけである。父本道は天安元年（八五七）従五位下を授けられ、受領（現地に赴任する国司）を歴任して、貞観八年（八六六）に下野守となり（『三代実録』）、兄弟の有朋は承和十一年（八四四）内舎人から出身して、元慶三年（八七九）従五位下宮内少輔となって、翌年死んだ（『古今和歌集目録』）。望行も彼らと大同少異の官歴を経たと思われるのに六位で終ったのは、有朋より遅く生れて、相前後してかまたは兄より先に死んだためかと思われる。元慶四年有朋の死んだ年に貫之は十歳に満たなかった筈だから、望行がその以前に死んだとすれば貫之は父の記憶も定かに持っていなかったことになる。それかあらぬか貫之の書いたものに父に関する記述は一つも見当らず、そして先に引いた歌のような何がなし寂しいイメージを彼が父について抱いていたのも、あるいは幼くして父に別れたことの傍証となるものであろうか。もし父が五位にも達せず、貫之の幼少の時に世を去ったとすれば、それは令の任用制度からして貫之の官途に大きなハンデキャップとなるものであった。

「内教坊阿古久曽」

貫之の母については全く旧説がない。そこで私は一つの臆測をして見よう。その手掛りは『続群書類従』に収められた系図の一本に「童名は内教坊の阿古久曽と号す。」（原漢文）とある記載である。この記載は『古今集』の古注釈類にも多くみえる。系図の信用できないことは先にも言った通りだが、さりとてまたこんな一風変った記事が何か魂胆があって濫りに造作される理由も無さそうだから、貫之の生前人々の口の端に上っていた童名が偶然に書き留められたものではないだろうか。

「久曽」という言葉は童名の下につける愛称だから、「阿古久曽」はつまり「ア

母は内教坊の女性か

コチャン」というに等しいが、問題はなぜ内教坊という官司の名が「阿古久曽」の上に冠せられているかである。和田英松の『官職要解』によれば、内教坊は「女楽・踏歌をつかさどるところ」で、唐制に倣って少なくとも奈良時代の初めから宮廷の一角に設置されていた。そして多くの「伎女」(舞伎をする女)あるいは「倡女」(あそび女)がいて(『続日本後紀』)、彼女等は坊町に房を与えられて住み(『類聚国史』)、宮廷の宴会や外客の歓待などいろいろな機会に音楽や舞踊を演じ、また貴族の子女のために出張教授などもした(『源氏物語東屋』)。私は貫之の童名に「内教坊」の文字が冠せられたのは、彼の母が内教坊に房を持つ伎女か倡女で、貫之はこの女に通った望行との間に生れ、内教坊の中で育ったためではあるまいかと推測するのである。

萩谷朴氏は「内教坊は雅楽寮の管轄ではないが、やはり女楽・踏歌等を掌る歌舞の司であるから、貫之の曽祖父の興道や祖父の本道が雅楽頭であったことと、貫之の幼名の由来には何等かの因果関係があったかも知れない。」(『国文学』二ノ七)というが、この説はいささか廻りくどい。ただ内教坊には「舞童」もいて、いろいろな機会に舞を披露したので(『扶桑略記』)、貫之もその一人だったかも知れないとは考えられるが、この舞童は必ずしも専門芸人の卵でなく、親王などをも含む貴族子弟が素養として内教坊で芸事(げいごと)を仕込まれたものに過ぎないから、貫之が余程技芸に秀でていたとしてもなかなか「内教坊」を名の上に冠するには至るまい。それよりも私は貫之が貴族社会の粋(いき)筋に当る教坊の内に生を享け、多くの歌姫・踊子たちから「阿古久曽」「阿古久曽」とマスコット的に可愛がられて育ったと考える方が、後年王朝文化を和風・女性風に転換する立役者となった彼にふさわしいと思うのだが、どうであろうか。しかし何分にも確たる史料を欠くので、一つの文学的仮説としてしか私見を提示できないのは大変残念といわねばならない。

2　紀氏の文学

貫之の母についての私の仮説が万一にも当っているなら、この華やかな雰囲気（ふんいき）は一個の歌人を形成する有力な一要素だったろうが、合わせて考慮に入れねばならないのは彼の父系なる紀氏の血統である。私は前節で貫之の父望行が彼に直接の庭訓（ていきん）を与えて感化を及ぼすことなく世を去ったかといった。しかし紀氏は古代史の名門中の名門だから、その長い系譜はどの程度にか貫之にも自覚されていたに違いないからである。

『古今集』の紀氏山脈

特に『古今集』には紀氏及び紀氏と縁を結んでいる作者が沢山にいて、『古今集』成立を考える場合に絶対に無視できない雄大な一山脈を形作っている。今、彼らの名前だけを並べても、貫之・友則の二撰者をはじめ、望行・有朋・有常・静子・有常女・秋岑・利貞・淑人・淑望・惟岳（これおか）・紀乳母（めのと）、さらに常康親王（その母は紀静子の姉種子）・惟喬（これたか）親王（その母は静子）・兼覧（かねみ）王（異説はあるがおそらく惟喬親王の子）・在原業平（有常女を妻とした）・藤原敏行（紀名虎女を母とし、有常女を妻としたらしい）と数えてすでに二十人に近い。三国町(みくにのまち)を紀種子とし、喜撰(きせん)法師・勝延僧都(しょうえんそうず)・承均(そうぐ)法師等を紀氏の圏内に入れることはいろいろな理由からさし控えるのが穏(おだや)かだが、反面業平の子の棟梁(むねやな)・滋春(しげはる)や、棟梁の子の元方もある意味では紀氏の圏内に入れてもいい。この厖大(ぼうだい)な一群は『古今集』の判明する作者名のほぼ二十パーセント位に当る。貫之・友則という同族が二人まで編纂に当ったことが彼らの入集を便にした事情を計算に入れても、紀氏の作歌が早くから他氏と段違いに盛んでなかったなら、単なる身贔屓(みびいき)だけで勅撰集に派閥を作るわけには行くまい。この濃密な文学的血液はどこから流れ出して来たものであろうか。

紀氏の遠祖

紀氏はもともと文雅に縁のない武人の筋であった。『日本書紀』によるとその祖先は武内宿禰ということになっている。もっと遡ると大日本根子彦国牽(おおやまとねこひこくにくる)天皇（孝元）と妃伊香色謎命(いかしこめ)との間に生れた彦太忍信命(ひこふとおしまこと)の子屋主忍男武雄心命(やぬしおしおたけおこころ)が紀直(あたえ)の遠祖菟道彦(うじひこ)の女影媛(かげひめ)との間になした子が武内宿禰となるが、無論これは伝承に過ぎない。

『古事記』によれば、武内宿禰の子に紀角宿禰（つぬのすくね）があって初めて紀氏を称し、蘇我・平群（へぐり）・巨勢（こせ）・葛城（かつらぎ）氏等の祖はみな兄弟となる。尤も『書紀』はこれらを兄弟とする代りに、応神天皇三年に百済（くだら）征討に派遣された人々として列挙するが、無論どちらも信用の限りではない。しかしこれらの有力な臣（おみ）姓の豪族は、紀氏以外はみな大和の西南部を本拠にして大和朝廷を支える一大勢力だったから、紀氏が同じ系譜に連なることや『延喜神名式』に平群郡紀氏神社があることを合わせ考えると、紀氏もまた大和西南部の一豪族だったかも知れない。

紀氏には別に紀国造（くにのみやつこ）で日前（ひのくま）・国懸（くにかかす）両宮を奉斎した紀直（あたえ）があり、『書紀』の所伝では前に述べたように武内宿禰の母影媛はその遠祖の女となるから、その縁で角宿禰が紀臣（おみ）を称したとかつて太田亮は説いた（『姓氏家系辞書』）。これも確かなことではないが、『和泉名所図絵』によれば紀州境に近い日根郡淡輪（たんのわ）村（泉南郡岬町）に、『雄略紀』に出てくる紀小弓宿禰や貫之の直系の祖である桓武朝の紀船守の墓があるというから、臣姓の紀氏は大和西南部から紀川を下って西へ抜け出た一帯に繁延した氏族かとも考えられる。いずれにせよ紀氏が古代屈指の大氏族だったことは否定すべくもない事実である。

武人の血統

『書紀』に見える紀氏の事蹟で目立つことは、それがみな軍事に関係することである。『応神・仁徳紀』の角宿禰は百済征討に遣わされ、『雄略紀』の小弓宿禰は新羅を征してかの地で陣歿し、『雄略・顕宗紀』の大磐(おおいわ)宿禰は父小弓の後を承けて任那(みまな)に拠り、下って『欽明紀』の男麻呂宿禰は任那滅亡の時大将軍となっていた。内政問題に関して紀氏の演じた役割はさして大きくなかったらしく、平群・葛城・蘇我氏らのように「大臣(おおおみ)」となって権力を振った形跡はないが、そのためかそれら諸氏が相継いで没落した後も存続し、やがて六七二年の壬申(じんしん)の乱後、紀大人(うし)が御史大夫(ぎょしたいふ)(後の大納言に当る)に任ぜられた。

奈良時代の紀氏

紀氏の系譜が確かなものになるのは大人から後で、その子麿(まろ)は大宝元年(七〇一)

大納言となり、奈良時代に入ると橘諸兄政権の下で麻路が中納言に、藤原仲麻呂政権の下で飯麻呂が参議に任ぜられたが、道鏡政権では公卿を出していない。大化改新後の氏族の運勢は大体こんな風に納言・参議を朝廷に送りながら推移したから、古くからの大氏族としてまず可もなし不可もなしだったといえる。

光仁・桓武朝の全盛

ところが宝亀元年（七七〇）称徳天皇が崩じて皇統が天智天皇系に移り、天皇の孫で施基皇子の子である白壁王（光仁天皇）が擁立されると、王の母は紀諸人の女橡姫だったので図らずも外戚となった紀氏は、光仁・桓武両朝にわたってわが世の春を謳歌する幸運に恵まれた。宝亀十一年紀広純が参議となり、やがて大納言に進み、延暦初年には紀家守が参議となった。続いては有名な紀古佐美が現われる。

彼らの出世は外戚の幸運もさることながら、やはり紀氏伝統の武勲にもよる。かの諸人も和銅二年（七〇九）に征蝦夷副将軍となった人だが（『続日本紀』）、広純は宝亀十一年「陸奥鎮守将軍」として伊治城にあり、伊治公呰麻呂の叛乱によって殺されたし、そのために発せられた征討軍の副使に任ぜられたのは古佐美である。古佐美はさらに延暦七年にも「征東大使」として遠征軍を率い、その軍は蝦夷の本拠地胆沢を攻略することに失敗したので、副将以下が問責されたが、大将軍古佐美だけは従来の功績によってこれを免がれ、やがて大納言正三位に昇進した（『公卿補任』）。

紀船守

貫之の直系の祖と目すべき紀船守もまた、すぐれて目覚ましい武勲によって出世の緒をつかんだ人であった。天平宝字八年（七六四）恵美押勝が叛して、中衛将監矢田部老を遣わして詔使を劫かした時、少壮敢為の「授刀」紀船守は見事に矢田部を射殺した（『続日本紀』）。功によって従五位下を授けられ、以後近衛将監・撿校兵庫軍監・近衛少将・中将・大将と典型的な武人の道を歩み、やがて延暦十年大納言に昇り、翌年薨ずると右大臣正二位を追贈された（『日本紀略』『公卿補任』）。

船守の系譜

船守は才幹と幸運によって名門紀氏としても異数の昇進を遂げたが、彼が紀氏のうちどの系統に属するのか実はよく分らないのである。『紀氏系図』の諸本は大人（うし）の曽孫麿の子猿取（さるとり）を船守の父とするが、幾度も言う通り系図は信用に値しないし、猿取は六国史上に全く現われない人物である。しかし『公卿補任』に船守を「紀角宿禰十世之孫、従七位下猿取男」とし、『類聚国史』の船守の三男田上の卒伝（亡くなった人についての簡単な伝記）の記載もこれと一致するから、猿取は早く亡くなってその子の船守は従七位下授刀から「家を起」さねばならなかったのかも知れない。『公卿補任』その他には異説もあるけれども、煩わしいから省略して今は一応船守を猿取の子と認めておこう。しかしその猿取がさらに天武天皇朝の御史大夫大人（うし）やそれ以前の紀氏主流に連なるのかどうかは、全く確める術（すべ）がない。

梶長以後

さて船守の後、その系統は梶長（かじなが）を経て興道（おきみち）・本道・望行（もちゆき）・貫之に至るのである。

梶長は大同元年（八〇六）中納言に昇って間もなく歿したが、「性潤（じゅん）にして雅量有り、好みて賓客（ひんきゃく）を愛し、接待して倦（う）むことを忘れ、饗応の費（ついえ）出入を問はぬ」（『公卿補任』原漢文）

気前のいい好人物の二代目だった。しかし彼もまた紀氏らしく「歩射の容儀は応(まさ)に師模(しぼ)たるべき」ものを持っていて、その風は子の興道に伝えられた。興道は仁明天皇の承和元年(八三四)亡(な)くなったが、「門風相承け、能く射礼の容儀を伝へ」、後世の武士は長く紀・大伴「両家の法を効(なら)った」といわれる(『続日本後紀』原漢文)。

紀氏の武人的伝統はこんな風に連綿と続いたが、興道の生きた弘仁以後の世は漢風文化主義の全盛時で、蝦夷征討も打切られて軍事は頓(とみ)に軽視されたから、武芸はだんだん儀礼的・形式的と化し、武臣の出世も次第にむつかしくなった。紀氏の公卿となる者も、弘仁十年(八一九)に死んだ広浜、承和三年(八三六)に死んだ百継(ももつぐ)を最後に見られなくなり、船守系では興道は従四位下で終ったし、その子本道はより平凡に受領を転々したに止まったことは前節でも述べた。また六国史から紀氏の四位・五位を拾ってゆくと、仁明・文徳朝にはなお除目(じもく)毎に必ず数名が見えるが、清和朝特に応天門の変以後になると急激に数を減ずる。その代り地方豪族の素姓も怪しい者が申し立てて紀朝臣を冒したり、国司に任命されたのに赴任を怠って叱責される者や、陽成天皇の御濫行の取巻きとして放逐される者が出たり、要するに不首尾な記事ばかり目立って来る。

紀氏と藤原氏

殊に古佐美の子孫で能吏の誉れをほしいままにした紀夏井までが、文徳天皇の貞観八年（八六六）に起った伴善男の応天門の変の連累として遠流に処せられた厄運は注目を引く。彼の連坐が藤原氏によって企てられた陰謀だろうということは定説だが、変によって古代の名族大伴氏は完全に没落し、邪魔者を除いた藤原良房は変の直後に人臣にして「天下之政を摂行する」ことになって、藤原氏全盛の第一幕が開いた。紀氏の全部が伴氏と気脈を通じ、全部が変の余波を食ったわけではないが、紀・大伴両氏に共通する古代氏族的・武弁的性格が藤原氏の律令官僚的性格と相容れない古さを持っていたから、おのずから新状勢の下で陶汰されざるをえなくなったもので、鎌足が藤原氏を賜わった時紀氏の人々が、「藤かゝりぬる木は、枯れぬるものなり。いまぞ紀氏はうせなんずる」と嘆いたという話は(『大鏡』)、単なる笑い話ではないのである。

紀名虎の女

興道およびその子本道は家運衰退の時勢に平凡に順応したらしいが、興道の兄弟名虎は衰運を挽回する野望を抱いたとみる理由がある。彼がその女種子を仁明天皇の後宮に納れ、また静子を仁明の次の文徳天皇の後宮に納れたのは明らかにその所生の皇子の即位を狙ったのである。しかし外戚政策は藤原氏の方が一枚も二枚も上手で、すでに承和九年(八四二)に春宮坊帯刀(皇太子の護衛兵)伴健岑・但馬権守橘逸勢らが仁明天皇の皇太子恒貞親王を奉じて謀反を企てたとして恒貞親王を廃して、藤原冬嗣の女順子の生んだ道康親王(後の文徳天皇)を皇太子に立てることにマンマと成功していたから、紀種子の生んだ常康親王に望みを嘱することはできなかった。

「雲林院のみこ」

『文徳実録』によれば常康親王は父仁明天皇の「特に鍾愛するところ」の皇子

だったが、仁寿元年（八五一）「先皇を追慕し、悲哽已むなく」落髪して僧となって、雲林院に住した。

吹きまよふ野風をさむみ秋萩の移りもゆくか人の心の（『古今集』十五）

という歌は、作者「雲林院のみこ」（常康親王）の運命と心情とを両つながら偲ばせる、異様にもの淋しい響きがある。六歌仙の一人として有名な僧正遍昭は親王と同じく仁明天皇に寵愛され、同じく追慕のために出家したのだから、親王とは格別に心が通い合ったと思われ、親王は貞観十一年（八六九）寂する直前雲林院を遍昭に付嘱し、遍昭とその子素性はこの院に住した。ここに『古今集』を形作る一つの流れがある。

惟喬親王の悲運

さて名虎が承和十四年（八四七）散位従四位下で卒した後、その子有常らは静子の生んだ惟喬親王の立太子を潜かに期待した。親王は文徳天皇の長子であり、また『大鏡裏書』によれば「最愛」の子だったから、この期待は当然である。しかし文徳天皇は嘉祥三年（八五〇）即位の時まだ若年だったので、良房の女明子の生んだ生後わずかに九月の惟仁親王を立てて皇儲とせざるをえなかった。『大鏡裏書』によれば文徳天皇はその後惟仁親王に替えて「先づ暫く」惟喬親王を立てたいとの希望を抱いたが、良房を憚って言い出すことができなかった。良房は天皇の胸中を察して、惟仁親王を「辞譲」させようとしたが、藤原三仁なる者が天文を善くして諫めたので思い止まり、帝はさらに源信を召してこれを図ったが、信は敢て帝の意を体せず、帝は甚だ悦ばず幾ばくもなく崩じたという。この裏話の出所はずっと後の承平元年（九三一）九月四日の夕、参議藤原実頼が重明親王を訪ねて語ったもので、実頼は父忠平から事件の経緯を伝聞したらしく、八十年程後の説とはいえ事の真相を伝えていると考えられる。

『源平盛衰記』の伝説

周知のように惟喬・惟仁両親王の東宮争いの話はさらに発展して、『源平盛衰記』（巻三十二）には、両親王の外祖父名虎と良房が競馬・相撲の勝負によって立坊を決めようとし、惟喬方には身の丈七尺・六十人力の名虎みずから力士となって良房方の力士と争い、比叡山の恵亮和尚は藤氏のために、東寺の真済僧正は紀氏のために祈禱し、恵亮はついに「炉壇ニ立タル剣ヲ抜、健ニ把テ自ラ頭ヲ突破リ、脳ヲ摧キ芥子ニ入、香ノ煙ニ燃具シテ」祈ったので、名虎は「大地ニ打附ラレテ血ヲ吐テ起アガラズ」、三日目に死んで惟仁の立太子が決ったという凄まじい伝説となる。真済は紀氏の人で、『紀氏系図』は例によってずっと後世の人とする誤りを犯しているが、私見によれば船守の曽孫に当る。空海の高弟で、仁明・文徳朝の教界に君臨したが、文徳天皇を看病して効無く、「大漸（帝王の病気が重くなること）」の夕、時論嗷々」として非難したので、彼は志を失って隠居した（『三代実録』）。この事実が伝説の中にまぎれこんでいることは推察がつくが、他は全く後の作り話であろう。

惟喬親王の隠遁

紀有常らが惟喬親王の立坊をどんなに熱望したにせよ、名虎はすでに歿し有常はまだ五位にも達せぬ身分である。紀氏が藤原氏と派手な立太子の争いをした伝説は割引しなければなるまい。『源平盛衰記』などの伝説が成長したのは、後人が惟喬親王の寂しい隠遁生活に同情の涙を注いだ為であろう。しかし父天皇の並々ならぬ愛を享けていた聡明な長子の存在は、藤原氏にとって眼障りだったに違いない。大宰帥・弾正尹・常陸あるいは上野太守と優遇された親王が貞観十四年卒然として出家したのは「疾に寝ね」ただけの理由であろうか。あるいは死病に罹った良房によって後顧の患えを除く何らかの策謀が企てられる危険を察して、賢明な親王が先手を打ったものではなかったか。出家した親王は洛北小野に隠棲し、閑居して風月を友とした。奇しくもかの常康親王と同様の境涯である。

常康親王に遍昭がいたように、惟喬親王には伯父の紀有常と、有常女を妻とする在原業平がいた。『伊勢物語』によれば親王は在俗の時「山崎のあなたに、水無瀬といふ所に宮」があって、「年ごとのさくらの花ざかりに」その宮に遊んだ。その折業平らは常に伴われ、「狩はねむごろもせで、酒をのみ飲みつゝ、やまと

歌に」熱中した。『伊勢物語』はその様子を、

夜ふくるまで酒飲み物語して、あるじの親王酔ひて入り給ひなむとす。十一日の月もかくれなむとすれば、かのうまの頭(かみ)（平業）のよめる

あかなくにまだきも月のかくるゝか山の端(は)逃げて入れずもあらなん

親王にかはりたてまつりて紀の有常

をしなべて峯もたひらになりななむ山の端なくば月も入らじを

と描いている。彼らが山の端なくば入るまじき月と諷したのは、単に酒席を去ろうとする親王ではなく、世を逃れようとする親王であり、世を逃れざるをえなくする藤氏の圧力であったことは言外に汲みとれるのである。

こうして親王在俗の時から一つの美しいグループを形成していた彼等は、小野の隠棲地をも時々驚かした。業平が「比叡の山の麓なれば、雪いと高」き小野を訪ねて、

忘れては夢かとぞ思ふ思ひきや雪踏み分けて君を見むとは

と泣く泣く帰京したのは、『伊勢物語』の中でも一段と哀れを誘う条りである。

失意の人々

親王が失意の人であれば、有常・業平もまた失意の人であった。平城天皇の皇孫でありながら、兄行平が文徳・清和朝の間しきりに栄進して正三位中納言に至ったのに、業平はその「放縦拘はらざる」詩人的性格のために世に容れられず、鬱懐を詠歌に託した。『古今集』序の「その心あまりて言葉足らず」という業平評は彼の技巧の拙なさを謗った語だが、裏返しにいえば業平がどんな巧妙な表現にも盛り切れぬはげしい情熱を秘めていたことにほかならない。有常にしても、晩年「世の常の人のごともあらず」落ちぶれたという『伊勢物語』の伝えは信ぜられないにしても、なまじ二人の姉妹の縁故によって家運の洋々と開かれるかと期待しただけに、悔恨多い残年だったに違いない。

文学グループの形成

紀氏の文学はこうした政治的没落の中から生れて来たのである。武人の家だった紀氏は『万葉集』時代には同じ武人の大伴氏のように歌人を出していない。大伴家持と恋愛した紀郎女(いらつめ)のほか二―三の名が見えるが、氏族の特徴は質朴な武弁そのものだった。それが十世紀末に至って続々と歌人を輩出したのは、惟喬親王をめぐるグループの成立を契機としたのである。たとえば藤原氏の中で『古今集』最有力の作家敏行は、有常の姉妹が藤原富士麿に嫁して生んだ人で、彼自らも有常の女を妻とした。『古今集』(十三・十四)に「なりひら朝臣の家に侍りける女」に敏行の与えた歌が見えるのは、この女が業平の妻なる姉の許にいたことを語るものと思われ、敏行が和歌を学んだ径路もまたおのずから推測される。また『古今集』作家の一人紀利貞は、紀氏といっても有常や貫之の系統とは全く別系であるのに、彼が阿波介(あわのすけ)に赴任する時業平から送別の宴に招かれる程の親しさがあった(『古今集』十八)。こういった因縁はおそらく他の『古今集』の紀氏系作者らの大部分に存したであろう。

紀有朋すなわち友則の父がこのグループに加わっていたことは、惟喬親王が有朋の死後その遺作集を書いて奉ることを友則に命じている事実から明らかである(『古今集』十六)。有朋がグループの一人だったとすれば、その兄弟で歌も作った望行もおそらくグループの一人だったろう。彼らまで含めて常康・惟喬二親王をめぐる風流は、いずれも「憂き世」のすさびであった。「身をえう(用)なき物に思ひなして京にはあらじ」世にもあらじと思い諦めた心から生れ出る文学であった。華やかな技巧を凝らし、気の利(き)いた表現を練る心要もない「境涯の詩」であり、宮廷儀礼と貴族的社交の表芸(おもて)たることを拒絶して、良房・基経全盛の世の片隅に痛ましく自己を疎外した結果であった。

憂き世のすさび

貫之への感化

一世代を異にする貫之が直接にこのグループの精神的感化を受けたとはいえない。しかし『古今集』(五)に、

小野といふところに住みはべりけるとき、紅葉を見てよめる

秋の山紅葉を幣と手向くれば住むわれさへぞ旅心ちする

という貫之の作があって、彼は若年の頃小野に住んだことが知られるから、寛平九年（八九七）すなわち貫之の二十五―六歳頃まで存命だった惟喬親王の小野の隠棲地に謁したことが無かったともいえない。少なくとも親王と業平は貫之にとって大切な先人だったことは、晩年土佐から帰京する途中、川舟の中から親王・業平の遊んだ交野の渚の院を見はるかして、

その院、昔を思ひやりて見れば、おもしろかりけるところなり。しりへなる岡には松の木どもあり。中の庭には梅の花咲けり。ここに人々のいはく、「これ、昔の名高く聞えたるところなり。故惟喬の親王の御供に、故在原の業平の中将の

世の中に絶えて桜の咲かざらば春の心はのどけからまし

といふ歌よめるところなりけり　（『土佐日記』）

と感慨深げに記していることでも分る。

また惟喬親王の子兼覧王（かねみ）は貫之と交わりがあって、

かむなりの壺に召したりける日、大みき（御酒）などたうべて、雨のいたう降りければ、ゆふさりまで侍りて、まかり出でけるおりに、さかづきをとりて

秋はぎの花をば雨にぬらせども君をばましておし（惜）とこそおもへ　つらゆき

とよめりける返し

おしむらん人の心を知らぬまに秋のしぐれと身ぞふりにける　兼覧王（『古今集』八）

という贈答がある。神鳴の壺（内裏の一殿舎「襲芳舎」の別名）に召されて酒を賜わったのは『古今集』撰進事業に関係があるかとし、兼覧王は編纂の奉行か何かだったものかと推察する人もあるが（金子元臣『古今和歌集評釈』）、それはともかくこれらの事柄を綜合して若い貫之が惟

喬親王・業平らのグループに間接ながら深く接触したことは肯（うべな）えるから、貫之が歌人となるに至る一要因をここに求めることができるのである。

貫之の明るさ

しかし貫之の歌には紀氏没落期の歌人らの秘めていた悲痛な激情はすでに無い。彼の人生態度はもっと明るく肯定的であり、彼の作品はいささか軽やかすぎる理智的技巧に走っている。この大きな変化の理由は、宮廷の華かな雰囲気の中で成長した彼の環境に求められるかも知れないとしても、またより以上に、業平らを疎外した藤氏の全盛が貫之の生れ合せた宇多・醍醐朝に入って大きく変化したことにもよるであろう。この新たな時勢について語ることは、貫之の青春について語ることになる。

3　寛平期の政治と歌

陽成天皇の廃立

清和天皇の皇太子貞明親王は貞観十八年（八七六）九歳で禅（ゆずり）を受けた。陽成天皇である。当然のこととして基経が万機を摂行したが、君臣の仲は必ずしもよくなかった上、宮廷の風儀は乱脈を極め、元慶七年（八八三）源益という者が「殿上に侍して卒然として格殺さる」る不祥事件が起こったので（『三代実録』）、基経はついに決意して廃立を行なった。この時諸皇子の中には基経の女の生んだ貞辰（さだとき）親王もあり、左大臣源融（とおる）のように「近き皇胤をたづぬれば融らも侍るは」などと心臓強く自薦する者もあったが（『大鏡』）、基経は仁明天皇の皇子で当時すでに五十五歳、長者の風格を持つ時康親王を擁立した。光孝天皇である。

光孝天皇と宇多天皇

天皇は終世基経を徳とし、「奏すべきこと下すべきこと、必ず先づ諮（はか）り稟（う）けよ、朕まさに垂拱（すいきょう）して（人のなすがままにして）成るを仰がん。」とした（『三代実録』）。その光孝天皇が在位わずかに三年余りで崩ずる際、基経は垂死の天皇の寵愛が桓武天皇の孫班子女王の生んだ第七皇子源定省（さだみ）にあることを察し、藤原氏と外戚関係がないのを省りみず、定省を親王に列して皇太子に立てた。宇多天皇である。宇多天皇もいたく基経に感謝し、即位の日勅して、もし基経が輔弼(ほひつ)を辞退するなら、自分は政を執らず位を去って山林に逃隠するだろうと強調した。

基経が公平無私の態度で光孝・宇多二代を擁立したのは美談というべきであろう。しかし二代続いていわば意想外の幸運で皇位が継承されたことになると、帝王の権威について多少微妙な空気も生れたようである。基経は光孝天皇を立てるに当って、陽成先帝勅賜の剣を解いて丸腰で迎えに参り、新帝から別の剣を賜わった。こうして基経がまず臣従(しんじゅう)の意を表わしたので、新帝のライバル本康親王や源融も驚いてみなこれに倣(なら)ったという(『三代実録』)。いかにも基経らしい縦横の機略であった。しかし『大鏡』によれば陽成院は宇多天皇を「当代は家人(けにん)(従者の意)にはあらずや」と罵(ののし)ったといわれ、こういう下心は藤原氏を背景とたのむ諸皇子には多少なりと存したと思われる。いわんや自らの方寸(ほうすん)で事を運んだ基経が、天皇に対して心中ひそかに擁立の功を自負したのも推察に難くない。光孝天皇は寛厚の長者で在位も短かかったから無事だったが、宇多天皇は血気盛んで政治的抱負もおのずから大きかったから、帝王の権威を確立することは強く念頭に存し、反対に基経としては天皇の英気を警戒せざるをえない。有名な阿衡の紛議は起るべくして起ったのである。

即位後間もなく宇多天皇が慣例に従って基経に政を委ねようとして賜わった勅書は橘広相の草したものだったが、その中に「宜しく阿衡の佐を以て卿の任とせよ」という文があった。ところが中国の故事によれば阿衡は単なる位で実際政治に関与する職掌が無いのだという説をなす者があって、つむじを曲げた基経は一切政務を見ず、朝廷は動揺して諸学者を集めて論争半歳に及んだが、ついに宇多天皇は釈明の詔書を下し、改めて太政大臣基経に衆務を統べることを命じて、辛くも一件は落着した。〃綸言汗の如し〃という王威は深く傷つけられたので、天皇はその日の日記に、「朕遂に志をえず、枉げて大臣の請に随ふ。濁世の事かくの如し。長大息すべきなり。」と記した（『政事要略』所引御記、原漢文）。

宇多親政の性格

基経の横暴に懲りた宇多天皇は、寛平三年（八九一）基経が死んだ後は関白を置かず親から政務を執り、前代の摂関政治に代って寛平・延喜二代の親政が出現した。そこで後世の人々はこの時期を朝政の模範として王政復古の目標としたが、しかしこの天皇親政を直ちに律令政治の振粛励行と解することはできない。宇多天皇は性来実際政治よりも文雅を愛し宗教に帰依するというタイプだったから、親政の特徴もおのずから宮廷の儀容を張り、貴族文化を華麗にする方向へ赴いた。「光孝より上つ方は一向上古なり。よろづの例を勘ふるも仁和より下つかたをぞ申すめる。」（『神皇正統記』）という意見も、この朝廷の儀礼文化上の発展を指しているのである。菅原道真・紀長谷雄らの学者文人が天皇に信任されたのもこの傾向を促進した。これに比べると後に道真と対立してこれを失脚させる藤原時平の方が、律令政治体制の産みの親ともいうべき鎌足・不比等の嫡流にふさわしい現実政治家タイプだったが、彼は寛平期にはまだ年少で鋭鋒を現わすに至らなかった。

宇多天皇の譲位

『日本紀略』を見ると、基経が死んで二―三年経つと宇多天皇の遊覧の記事が急速に目立って来る。神泉苑に幸して詩歌・管絃を楽しみ、北野に幸して狩猟にふけるの類い(たぐ)である。そして寛平九年(八九七)皇太子敦仁(あつぎみ)親王(醍醐天皇)を元服させて位を譲り、皇位の束縛を脱して風流三昧の生活に入ったのは、この志向の当然の帰結であった。譲位後の上皇の風流生活をこまかに追うことは省かねばならないが、その居所だけでも朱雀(すざく)院・仁和寺御室の本宮の他に、中六条院・亭子(ていじ)院・河(か)原(わらの)院などまことに多いのは、上皇の多彩な趣味生活を端的に象徴するのである。

歌合はじまる

寛平期のこういう華やかな時代性の一環として、和歌は久しい隠遁者のすさびから、宮廷行事の中心へ進出した。宇多天皇の好尚(こうしょう)によって内裏・後宮(こうきゅう)でしばしば歌合が催されはじめる。それはまず「物合」から始まった。物合は前栽(せんざい)の花々や美しい小箱などを合わせて優劣を競うのどかな後宮の遊戯で、和歌はその品々に添えられて興を増すための二義的役割を果したに過ぎない。まだその巧拙が貴族としての沽券に関わるわけでもなかったから執心も淡白で、後世の歌合に見られる真剣な批評意識や白熱の論争などは見られなかった。しかし宇多天皇は歌作こそ少ないが豊かな文藻をもち、今は断片的にしか遺っていない御記の文章なども生彩と興趣に満ちている程だから、天皇は和歌を低級な即興の段階から一段と向上させたい意図を抱き、アンソロジー(詩歌集)の計画を進めた。世に有名な『寛平后宮歌合』は百番二百首の大模模なもので、寛平五年(八九三)以前の早い時期にこんな大げさな歌合が宮廷行事を伴って華々しく行なわれたものとは考えにくいから、おそらく秀歌を選抜する手段として行なわれた机上の編ではないかと萩谷朴氏は論じているが(『平安朝歌合大成』一)、相前後して成立したと見られる『是貞親王歌合』も同様だったろう。これらの歌合を主材料として寛平五年九月『新撰万葉集』が撰進された。勅旨を承けて編纂に当ったのは菅原道真である。

『新撰万葉集』『句題和歌』

翌六年には大江千里が勅命を奉じて『句題和歌』を撰んだが、これらの仕事に当った道真も千里もともに儒者であるところに寛平期の歌壇の幼稚さが暴露している。道真は異数の器用人だから、一々の和歌の傍らに詩を作って挿み、漢詩の教養のある宮廷人士に詩と比較して和歌を鑑賞させる巧妙な方法をとったが、千里は命を奉じて心配の余り「重痾」に罹る始末で、辛うじて漢詩の古句を掲げては同じモチーフの和歌を選び載せるという体裁をとって、百二十首を編纂して献上した。宇多天皇が急速に和歌を振興しようとしても、歌人に独自の見識を持つ者が見当らず、歌論の基準もまだ成立していなかった状況はこれらによって分る。ということは時代がまさに自ら歌を作りかつ歌を批評し歌集を編纂することもできる多面的能力をもつ人物の出現を待望していたことを意味するのである。

紀氏の文学的血液を受けて年少歌作る術を知り、おそらく宮廷の華やかな環境に触れつつ育って前代歌人らの憂憤鬱懐から解放され、しかも新しい才能を待ち佗びる時期に生れ合せた貫之は、この上もない幸運の星の下に生れ合せた。彼の青春はあたかもよし王朝和歌の青春とぴったりと一致していた。——一個の人間が歴史的役割を果すべき要因は欠けることなく貫之に与えられたのであった。

4　貫之の青春

出身のコース

寛平の九年間は貫之の十代後半から二十代前半に当る。祖父本道は五位、父望行は六位で終ったから、貫之は蔭子（五位以上の人の子）・蔭孫（三位以上の人の孫）としての特権をえられず、令の規定通りにゆけばおそらく十三歳から十六歳までの間に大学寮に入って九年ばかり学問を修めたであろう。彼の才能と後の官歴からして、紀伝道の学生だったことは疑いないと思われる。そして貫之がやがて歌壇を指導するに当って、この紀伝道的教養こそ歌才にも劣らず強力な武器となった筈である。

御書所預

延喜初年に彼は「御書所預」というものに選ばれた。御書所は「禁中の書籍を掌るところで、式乾門の内東掖にあった。預・書手等の役があって」(『官職要解』)、貫之はその預、いわば図書館長に任命されたわけであった。もっとも当時はこの式乾門内東掖の御書所だけではなく、別に「内御書所」というものが「承香殿の東片廂」に置かれ、やはり「禁中の御書物を掌る所」となっていて、平安時代の日記類に多く見えるのはこの方である。貫之らが後に『古今集』を編纂したのもここだから、貫之は天皇の常の住いの仁寿殿のごく近くで仕事に励んだことになる。貫之の御書所預任命は『古今集』編纂のためではなく宮廷司書を仰せつかったもので、後にその資格のまま『古今集』編纂にも当ったが、編纂完了後もなお続いて預の職にいたようである。というのは彼がこの方面の仕事に対して余人の及ばぬ特殊の技能を持っていたからであろう。

処女作らしいもの

ところで官人貫之の出発に対して歌人貫之の出発の方はどうか。彼の習作時代の歌を探すと、まず『是貞親王歌合』に一首がある。

秋の夜に雁かも鳴きて渡るなるわが思ふ人の言伝てやせる

この一首は『後撰集』(七)によれば「越の方に思ふ人侍りける時に」作られたものである。そういう詞書は流布の『貫之集』には記されていないが、これはおそらく今の『貫之集』が彼の歿後他人によって編まれたために脱落してしまったのであろう。『後撰集』の詞書にはこの場合だけでなく、かなり家集と異なる詞書を載せているが、おそらく『後撰集』編者の一人である貫之の子時文が持っていた父の自撰家集を根拠にしているのだろうから、一般的に信用していいと思う。すると若い貫之は実際に越の方に近親・友人または恋人を持っていて、その人に送った作で架空・想像の作ではない。にもかかわらず歌は全く「雁信」という中国の故事成語を基にして詠まれ、漢詩からの過渡期の水準を一歩も出ていない凡庸の品である。彼はせいぜい漢詩文の素養を手掛りにして、ただそれを三十一文字に移し替えたのが嬉しくてたまらぬといった所である。『是貞親王歌合』

の年代が判明せぬ限り想像の域を出ないけれども、あるいはこれがハイ＝ティーン貫之の処女作でもあったろうか。

『寛平后宮歌合』の作

次に『寛平后宮歌合』には貫之作と認められる歌が十首近く存し、すでに一廉（ひとかど）の新人であった。その作品を眺めると、

　秋の野の草は糸とも見えなくにおく白露の珠とつらなる

のように彼の癖である理窟張った歌もあり、また、

　吹く風と谷の水とし無かりせば深山（みやま）がくれの花を見ましや

　秋の夜の雨と聞えてふりつるは風に散り来る紅葉なりけり

のような素直な歌もあるが、殊に、

　夏の夜は臥すかとすれば時鳥（ほととぎす）鳴く一声に明くる東雲（しののめ）

の一首は緊張した調べをもつ佳作で、弱冠の貫之の歌境が急速に進んだことを証明する。

時代の制約

しかし貫之はそういう才能を、必ずしも自然に伸ばしてゆけない一つの時代的制約を負うていた。歌というものは『古今集』序で貫之がいっているように「人の心を種として」これを言葉に真直(まっすぐ)に表現すべきもので、純粋に内的な衝動を作因としなければならない。ところが当時の実状としては、「代々の御門(みかど)、春の花の朝、秋の月の夜ごとに、侍(さぶら)ふ人々を召して、事につけつゝ歌を奉らしめ給」うたり、また殿上人たちが「酒たうべけるに召して」歌を作らせたりするような外的動機によって歌を作る場合がむしろ多かった。それは歌が隠遁の孤独なすさびから宮廷の表面へ進出したことによる避けがたい代償であった。そうした場合業平的なひたむきな抒情はどうにもふさわしくないので、歌人より身分は高いが本質的には文雅を解せぬ俗人である「殿上のおのこたち」の低俗な鑑賞力に無理なく受け入れられるためには、なるべく表層的な技巧を凝らした、つまり読者に一読ポンと膝を叩(たた)かせるような機智的傾向がお誂(あつら)え向きなわけであった。

機智的傾向

「朱雀院女郎花合」で貫之が、

小倉山峯たちならし鳴く鹿の経にけん秋を知る人ぞなき

と「をみなへし」の五文字を句の頭において詠んだり、少し下って延喜初年かと思われる「宇多院物名合」で、

むねのひを緒しも貫かねば乱れ落つる涙の珠にかつぞ消ちぬる

と、「子の日を惜しむ」という長い題を巧みに詠みこむアクロバット的試みをしたりしたのも、貫之だけがそういうことを好んだのではなく、寛平期歌壇の生態がそれを要求したのである。無論この時代性が貫之の個性にマッチしていたからこそ、彼は宮廷御用歌人の第一人者になったのではあるけれども。

実感溢れる恋愛歌

しかし世に伝わっている彼の歌のすべてが、世俗の玩弄に供するために作られたものではない。特に彼もまた一個の詩人として人並以上に多彩な恋愛も体験しているから、そういう個人的動機から生まれた歌は、青春の実感を豊饒に湛えて

いるのである。貫之の恋の相手には残念ながら名の明らかな人がほとんど無い。『後撰集』(九)に「近江」という人があるだけで、それもどこの「近江」さんかさっぱり分らない。それで数は一通り多い恋歌が、果して実際の恋によって詠まれたものかどうか、または年代的に何時のことか、一つも分明でないことが貫之の情史を綴ることを困難にしている。しかし女を見初めて思いを打ち明けようとする時の歌は、例の手の混んだ技巧の作に比べて、確かに卒直であり実感が籠っている。

ひとの花つみしける所にまかりて、そこなりける人のもとに、後に詠みてつかはしける

山ざくら霞のまよりほのかにも見てし人こそ恋しかりけれ　(『古今集』十一)

心ざせる女の家のあたりにまかりていひ入れ侍りける

わびわたる我が身は露をおなじくば君が垣根の草に消えなむ　(『後撰集』十)

志賀の山越えにて、石井のもとにて物いひける人の別れける折によめる

むすぶ手のしづくに濁る山の井のあかでも人に別れぬるかな　（『古今集』八）

など。特にこの「むすぶ手の」の一首は世にもてはやされただけの佳さは十分に持っている。また後朝（きぬぎぬ）の作である、

暁のなからましかば白つゆのおきてわびしき別れせましや　（『後撰集』十二）

別れつるほども経なくに白波のたちかへりても見まくほしきか　（同十一）

なども素直で情が溢れている。

ところで貫之の恋路も人並に堰（せ）かれて苦しいもの思いもするが、

人のむすめのもとに、忍びつつ通ひ侍りけるを、親聞きつけていといたく云ひければ

風をいたみくゆる煙のたち出てもなほこりずまの浦ぞこひしき　（『後撰集』十二）

しのびたりける人に物語し侍りけるを、人のさわがしく侍りければまか

りかへりて遣はしける

暁となにかいひけむ別るれば宵もいとこそわびしかりけれ　（『後撰集』九）

これらの歌も大変素直である。これに比べて、

年ごろ文つかはす人の、つれなくのみあるに

白珠と見えし涙も年ふれば唐紅（からくれない）に移ろひにけり　（伝行成筆『貫之集』）

文やりける女の、いかがありけん、あまたたび返りごともせざりければ、やりつる文をだにかへせといひやりたりければ、文焼きたる灰をそれとてをこせたりければ、よみてやれる

君がためわれこそ灰となりはてめ白玉章（たまずさ）や焼けてかひなし　（『貫之集』）

やよひ許（ばかり）に、物のたうびける人のもとに、また人まかりつゝ消息すと聞きて、よみてつかはしける

つゆならぬ心を花にをきそめて風ふくごとに物おもひぞつく　（『古今集』十二）

などの作は多少ひねこびているが、これは燃え立った一筋の情熱が年を経て持続できなくなったり、三角関係に陥って厭味をいおうという時だから仕方があるまい。そんなもつれた関係でなく、名残惜しくも別れざるをえなかった人に対しては、

　　近隣りなる人の、時々とかう云ふを、ほかに移ろふと聞きて
　近くても逢はぬ現を今宵より遠き夢見んわれぞわびしき　（『貫之集』）

と、理窟で仕立てながらもどこか淡々たる慕情を漂わせる。

つまり貫之は決して木石ではなく、なかなか多情多恨だったし、その情熱は彼の宮廷人としての取り澄した仮面の下から折に触れて奔放に狂い出たことを私は見逃したくないのである。いや木石どころか、彼は相当の浮気者だった形跡もある。『後撰集』(七十)によれば、貫之の妻は宮仕えをしていて、里帰りの時「友達なりける女」を同じ車で貫之の家へ伴って来た。貫之の妻がもてなしをしようと

先に車を降りた隙（すき）に、かねてかの女性を「思ひかけて」いた貫之は、すかさずこっそりと次の一首を車に差し入れた。

波にのみぬれつるものを吹く風のたよりうれしきあまの釣舟

油断も隙もならないのが男心で、貫之の妻こそ災難だが、こういう挿話の貫之はおよそ「謹直励精」の廷臣としての彼と懸け離れた面貌をしている。むしろ同時代人で貫之とも交際があった「平中（へいちゅう）」こと平定文（さだぶみ）などのやりそうなことである。しかし王朝の歌作りとして名を成すには、このくらいの好色はむしろ不可欠の資格だったかも知れない。そして好色者はすなわち人生の達人でもある。貫之はある時は、

志賀の山越えに女の多く会へりけるによみてつかはしける

梓弓（あずさゆみ）春の山べをこえくれば道もさりあへず花ぞ散りける（『貫之集』）

と行きずりに会った女房たちを花に喩（たと）えて嬉しがらせたり、ある時は浮名が立っ

て困っている親族の某女から世間に向って打ち消すことを頼まれて、

かざすとも立ちと立ちなむ無き名をば事なし草のかひやなからむ　（同上）

と、「もう仕方がない、放っておくさ。」と洒々落々突放したり、あるいは「近隣なるところに方違へにある女の渡れると聞きて」、この女と面白がって歌問答したり、洒脱なわけ知りの一面を見せてくれる。

ある女との問答歌

ところでこのある女との問答というのは、女が歌を嗜むと聞いた貫之が、さらば一つ試してやろうと思っていると、女も同じことを考え付いたものか、「萩の葉の紅葉たるにつけて」歌を贈って来た。

秋萩の下葉につけて目に近くよそなる人の心をぞ見る

という、変りやすい男心を恨んだ歌で、無論これは戯れである。そこで貫之は、

世の中の人の心を染めしかば草葉に色も見えじとぞ思ふ

と返しした。「あなたなどは世の人みんなを魅惑しているんだから、私などは眼

にもつきますまい。」という意味である。これから女が男の浮気を責め、男が陳弁これ努めるという問答がくり返し続き、最後に女が焦立って、

春秋にあへど匂ひはなきものと深山がくれの朽木なるらん

「あなたは一体深山の朽木なのか。」とやると、男は、

奥山の埋れ木に身をなすことは色にも出でぬ恋のためなり

「心中ひそかにあなたを恋するから、埋れ木の不遇に甘んじているんです。」と改めて身の証しを立て愛情を告白するという意外な急転回で終結する。この趣向は大変物語的で、萩谷朴氏のいうように、「もしこの二人の間に恋愛交渉があり、具体的な行為を示す地の文が伴はれるならば、伊勢物語や平中物語にも比すべき一篇の歌物語となつてゐたであろう。」（日本古典全書『土佐日記』頭註）と思われる程だが、残念ながら戯れの問答であろう。それのみでなく、私はこの相手の女性そのものが貫之の

問答の女性は架空か

創造した架空の人物で、問答全体が彼の創作ではないかと思うのである。一体高

名の貫之に対して歌問答を挑む気の強い女がいたとは、とても考えにくいではないか。そう思ってみると、貫之の同僚で親友の凡河内躬恒に『論春秋歌合』という作品があって、これは「くろぬし」「とよぬし」の二人の「むかしの歌よみ」が春と秋の優劣を歌で争い、躬恒が歌で判をした歌合だが、これも黒主・豊主という歌人が実在したのか全体が躬恒の創作なのかは定説が無いようである。しかし比較して両方ともそっくり貫之・躬恒の創作とするのが自然のように私には考えられる。彼らにこういう物語風の虚構を作り出す気持があったとすれば、貫之が晩年『土佐日記』で例の女性仮託という破天荒の試みをしたのも突飛なことで無かったことになる。しかしこの架空問答の創作された年時は全く知るよすがも無い。

抑制された情熱

筆は大変横道に逸れたが、貫之の青春にもやはり詩人の青春にふさわしい不羈奔放な行動がふんだんにあったことを指摘できれば足りるのである。無論貫之は業平のようにその情熱に殉じて一生を棒に振り兼ねない性質ではなかった。彼は官人としても有能であり、その上宮廷のために便利な御用歌人としておびただしい駄作を作ることを強いられ、強いられたというよりそれを本領と心得、いわば彼の文学的生命を犠牲にすることによって名声を獲得せねばならなかった。上に挙げた恋愛歌の比較的無技巧な作が大半『古今集』に洩れているのは、彼が意識的に本然の抒情を制御することを志向していたためだろうが、今は貫之のそうした主観的意図にもかかわらず、詩人らしい豊かな情熱が彼の青春にも時に奔っ たことを見届けたと思うのである。

二　貫之の壮時

1　『古今集』前夜の政治社会と歌界

宇多上皇の落飾

宇多上皇は昌泰二年（八九九）落飾し、太上天皇の尊号を辞して法名を金剛覚と称した。仏門に入ることは上皇年来の素志で、『扶桑略記』に引く日記によれば、子供の時から「生鮮を食はず三宝に帰依し」、八―九歳の間叡山に登って修行を事とし、以後毎年寺々に参詣して十七歳になった。そして母班子女王にしきりに出家の志を訴えたがなかなかお許しが出ないうちに、父時康親王が皇位に即いたので、「愚心偸かに以て怖れ戦き、復た奏するに及ばずして四ケ年を歴」ると、今度は図らずも自ら皇位を継いだというもので、一朝一夕の発心ではなかったの

道心の徹底

である。

だから素志を果した法皇はこれから数年の間専念に仏道修行に励んだ。昌泰二年落飾の際に大僧都益信（やくしん）から三帰十善戒を授けられ、延喜四年（九〇四）には叡山に登って阿闍梨（あじゃり）増命を師として廻心戒（えしんかい）を受けた。これより先延喜元年には、かつて法皇自ら父光孝天皇のために創建した仁和寺にいわゆる「御室（おむろ）」を設けて居所と定め、承平元年（九三一）崩御の際は遺詔して葬司・料物・国忌（こき）・荷前（のさき）など一切を停止させるなど、仏教者としての行実（ぎょうじつ）は一貫している。

仁和寺山門

『後撰集』(十)に「寛平の帝みぐしおろさせ給うての頃御帳のめぐりにのみ人は侍はせ給ひて近うも召しよせられざれば」、これを恨んだ小八条御息所の閨怨の歌があるのも、法皇の道心が一時徹底して全く女色を遠ざけるに至った消息を告げる。その時期は大体昌泰二年から延喜十年頃までで、特に延喜五年頃までは落飾以前にあれほどしばしば史に見えた遊宴の記事がほとんど姿を消しているのである。

もっとも仏道に専念したといっても、法皇の場合はその修行そのものが一面から見れば帝王らしい豪奢な性格を持っていた。法皇は叡山はもとより金峯山・筑扶島・熊野山などの名藍勝地へ脚しげく参詣したが、それは堅固な頭陀修行ではなくむしろ風流三昧の遊歴で、在俗の遊幸とさして異なるものでなく、むしろ後世の法皇の熊野御幸と軌を一にするものであった。要するに法皇が早く位を譲りまた仏門に帰したのは、宗教的要求もさることながら、朝儀政務の患わしさを離れた自由の境涯に入ることを切望した結果である。渤海の使者に与えた書に自ら「日本国栖鶴洞居士」と号したのは（『扶桑略記』）そういう隠者的境地が法皇の理想だったことを示している。

道真の失脚

この境涯に入るに当って宇多上皇は年わずかに十三歳の醍醐新帝のために有名な『寛平遺誡』を示した。その中で「功臣之後」なる藤原時平を顧問として重用せよと勧めるとともに、菅原道真を「朕の忠臣に非ず、新君の功臣」として推し、紀長谷雄・藤原定国らをも挙げて後顧の憂の無いことを期した。ところがその甲斐もなく忽ち時平・定国らと道真との間に対立を生じ、延喜元年正月道真の失脚となる。この変の時法皇は道真のために宮中へ駆けつけたが、左衛門陣で官人衛士にさえぎられ、空しく庭前で夜を徹して本宮に還幸した。道真の左遷は道真のみならず、宇多法皇の政治上の影響力をも奪ったものといわねばならない。

延喜初政と時平

これから延喜九年まで時平は政治の実権を握ったが、彼は気鋭の性格だったか

菅原道真の左遷（『北野天神縁起』）

ら、醍醐天皇と牒し合わせて朝廷の「過差」（おごり）を戒め（『大鏡』）、権門勢家の大土地所有を制するために勅旨田・荘園の整理を企て（『類聚三代格』）、『三代実録』や『延喜格』を完成して政治の指針とするなど、律令政治の刷新には見るべきものがあった。醍醐天皇は孝心厚く、しばしば法皇の御所に「朝覲」して父子の間はまことに円満だったが、一方父法皇よりも質実な性格で現実政治家時平の行き方を嘉したと思われ、君臣の関係も至って親密であった。

『古今集』勅撰の主体

『古今和歌集』はこの醍醐天皇と時平の少壮時代の緊張した施政の最中に企画されたものだから、アンソロジーを作る意図は前代以来の懸案だったとしても、前提となる政治社会の状勢には大きな変化があったことを見逃すわけにゆかない。一体『古今集』勅撰を発議し推進した主体が宇多法皇か醍醐天皇かは古来説が分れているが、その仕事の進捗した延喜五年前後は宇多法皇の道心が最も白熱して一時全く他を顧りみなくなった時だし、また編纂は宇多法皇のいます朱雀院・仁和寺などでなく、内裏の「承香殿の東なるところ」（『貫之集』）で進められたのだから、奥村恒哉氏の説くように主体が醍醐天皇の朝廷にあったと考えていいだろう（「古今集の成立――宇多上皇と醍醐天皇」『国語国文』二三ノ五）。

新人への待望

そうとすれば延喜の初政が寛平期の儀礼的・文化的傾向を修正して質実な政治的刷新を意図していた大勢は、歌集の方針と歌風の内容にも強く影響しなければならない。つまり『古今集』の序にいう、「いまの世の中、色につき、人の心、花になりにける」を否定して、「上古之歌」に存する「古質之語」に学ぼうとするような志向は、たとえ実作の上に一貫して現われていないにせよ、世上全般の革新的気分に対応する。このことは延いては勅撰の事業を担当する当事者として、新人の登場を促した。それは寛平期のような儒者の片手間仕事ではなく、また宇多法皇側近の歌人藤原忠房・大中臣（おおなかとみ）頼基らでもない、新進気鋭の士でなければならなかった。友則・貫之・躬恒・忠岑の四人が檜（ひのき）舞台に登場する道はここに展けた。

（『年中行事絵巻』）

寛平期の古今撰者たち

では貫之をはじめ友則・躬恒・忠峯らは、この新たな時勢の要求に応(こた)えて光栄ある使命を仰せつかるまでに、どんな風に成長しつつあったか、一転して彼らの側から眺めることにしよう。彼らがまだ若かった寛平期の歌壇的地位を知る指標は、『寛平后宮歌合』『是貞親王歌合』及び『新撰万葉集』に採られた歌の数である。もっとも二つの歌合は完本を伝えないし、三者とも作者不明の歌が多いので大雑把(ざっぱ)な計算になるが、『是貞親王歌合』では忠峯十首、敏行六首、友則四首、大江千里・在原元方各三首となり、これに続いて貫

朝覲行幸

之二首、躬恒・興風(おきかぜ)各一首に過ぎない。『寛平后宮歌合』では、興風十六首、友則十四首が他を圧し、次いで貫之六首、在原棟梁(むねやな)・源宇于(むねゆき)各五首、敏行・忠岑・素性各四首、千里・躬恒各三首となる。これら作者の中で敏行はすでに述べたように惟喬親王のグループに加わった人で、右近衛権中将や蔵人頭にも任ぜられて社会的地位も段違いに高く、いわば歌壇の長老である。『俊頼髄脳(ずいのう)』によれば忠岑が左近番長(つがいのおさ)だった時、右近衛少将敏行がたまたま陣にやって来て、「陣には誰かさぶらふ」と質(ただ)したら、折しも居合せた忠岑が「番長壬生(みぶ)忠岑」と名乗った。敏行がこれを「連歌にきゝなして」「つがひのをさに壬生の忠岑」と詠じて過ぎたので、忠岑がすかさず「なはゞしの絶えぬ所にかつらはし」と付句をしたという。この逸話は長老敏行と身分の低い新進歌人との気のおけない付き合いを印象的に示している。こういう敏行のことだから、因縁浅からぬ紀氏一族の友則・貫之は忠岑以上に敏行の知遇をえていたのではないかと思うが、その直接の証拠は見られない。

藤原興風

興風は『歌経標式』というわが国最初の歌学書を遺（のこ）した奈良時代の参議藤原浜成の曽孫である。歌の実力もあり、「管絃」もよくした才人だが、『寛平后宮歌合』にかくも多く採られたのは、彼が宇多法皇のもとに仕えていた事情にもよるのであろう（『古今和歌集目録』）。

素性

素性はいうまでもなく僧正遍昭の子である。父の出家に従って桑門に入り、雲林（うりん）院に住したが、のち石上（いそのかみ）の良因院に移った。みずからの発心（ほっしん）によって出家したわけでない彼には堅固な道心や不退転（ふたいてん）の修行はなく、代りに風流三昧の気楽な生き方があった。僧形となって自由な境涯を送ろうとした宇多法皇にとってはいわば先達（せんだつ）みたいな人間だから、大いに法皇の御贔屓（ごひいき）に預った。昌泰元年宇多法皇が吉野の宮滝に遊覧に出掛けた時、素性は勅によって路次に参会し馬に乗って前駆したので、興を催した法皇は戯れに「良因朝臣（あそん）」の俗称を彼に与えた。日暮れて大和国高市郡にある菅原道真の山荘に駕を止めて素性を中心に歌会を開き、帰途彼が別れて寺に帰ろうとすると名残りを惜んで容易に出発させず、群臣に勅して惜別の歌を作らせた。この宮滝御幸は『扶桑略記』に紀長谷雄の書いた詳細な記事が見え、素性が道真や長谷雄と並んで宇多法皇の寵児だったことがよく分る。

源宗于は宇多法皇の兄弟是忠親王の子である。是忠親王の一族はみな文雅の士で、宇多院の花盛りに集まって歌詠み交したりしているが（『大和物語』八〇段）、宗于もなかなかの好色者で、『大和物語』の説話群の一方の中心人物になっている。その説話の中に、宗于が宇多法皇に身の不遇を訴えるために寓意の歌を奉った話が二つも見えるが、法皇は「なにごとぞ、心えぬ。」とその心底を察しえなかったというから、これは宗于が不遇だったというよりも愛寵に狎れた身勝手な嘆きだったと解する方がよさそうである。宗于は後年貫之とも足繁く往来したらしく、『貫之集』にも『宗于集』にも贈答の歌を沢山載せているが、何といってもやはり彼

紀友則

も宇多法皇に繋る人物の一人であった。

さて二つの歌合などに採られた歌の数から推すと、貫之ら四人の『古今集』撰者は以上の宇多天皇に愛された寛平期の花形たちに雁行して頭角を現わし始めたのであった。彼らの中では友則が何といっても先輩である。友則の年齢は明証がないが、『後撰集』(十五)に、

紀友則まだつかさ賜はらざりける時、事のついで侍りて年はいくらばかりになりぬと問ひ侍りければ、四十余りになむなりぬると申しければ

贈太政大臣

今までになどかは花の咲かずしてよそとせあまり年きりはする

かへし

友　則

はるぐ\の数は忘れずありながら花さかぬ木を何に植ゑけむ

とあって、友則が四十歳を越えるまで不遇で藤原時平に不思議がられたことが知

られる。彼が寛平九年（八九七）に土佐掾（じょう）に任ぜられたのが（『古今和歌集目録』）、彼の不遇を知った時平の推挙の結果だと推定すれば、彼は寛平の末に四十歳を越えていたことになる。貫之よりも二十年近く年長となるであろう。

友則の歌は有名な、

ひさかたの光のどけき春の日にしづ心なく花の散るらむ　（『古今集』二）

のようなのびやかな調べをもち、彼がおだやかな人柄だったことを偲（しの）ばせるが、それだけに世渡り下手で、歌の方では万人の認めるところでありながら官途は長く不遇のまま老境に入ったのであろう。そんな彼が次代の実力者時平に認められたことは、『古今集』企画の主体について先に述べた推測を裏書するものではなかろうか。

先輩友則すらそんな状況だったから、年若い貫之の歌壇的地位などがほとんど云うに足らなかったのは怪しむに当らないが、それに比べて壬生忠岑が意外に早く世に認められたかに見えるのはなぜであろうか。忠峯は宇多天皇に寵愛された女御胤子（にょうごいんし）の弟で時平と結んで権勢を張った藤原定国の「随身（ずいじん）」（従者）であった。定国がある夜更けに酒に酔って「ゆくりもなく」時平邸を訪ねて家人を驚かした時、随行した忠峯が階（きざはし）の下に膝まづいて、

かささぎの渡せるはしの霜の上を夜半にふみわけことさらにこそ

と詠み、見事に主人の挨拶を代弁したので、時平は大変感心して主客は夜通し飲み明したという（『大和物語』一二五段）。前にも彼が敏行と連歌をやりとりした話を引いたが、卑しい身分ながら歌に秀でているのは奇特だとして、特に殿上人たちに可愛がられたわけである。定国は歌を作らなかったと見えて『古今集』以下に一首も遺していないが、醍醐天皇が皇太子となるとともに春宮（とうぐう）少進に任ぜられ、即位とともに蔵人頭（くろうどのとう）となり、延喜六年（九〇六）亡くなるまで終始天皇の腹心だったし、『寛平遺誡』によれば宇多上皇は彼の「姉妹近親之中」から一―二人を選んで後宮の雑事

を行わせることを命じている程で、若い天皇に最も直接の影響を与える地位にいた。私は彼を『古今集』勅撰を企画推進した有力な一人に擬したいが、忠峯がこういう実力者の随身だったことも、彼の比較的早い歌壇進出の有力な一因と考えていいだろう。

凡河内躬恒

忠峯と対照的なのは躬恒である。躬恒は凡河内氏を称するから、いずれ河内国造 凡河内直とか摂津国造凡河内忌寸などの地方豪族の子孫であろう。出でて宮仕えはしたものの、寛平六年に甲斐少目となってから久しく散位に甘んじていた。その間に御厨子所に出仕したが、これは「朝夕の御膳を供進し、節会等に酒肴を出す所」(『官職要解』)、つまり宮中の台所で、躬恒はその「所衆」とか「膳部」などと呼ばれる下役に過ぎなかった。いうに足らぬ卑官だから、彼は始終身の「しづめるをなげきて」綿々たる哀訴の歌を沢山詠んでいる。

延喜の御時にみづし所にさぶらひける時、しずめることを嘆きてある人

に送り侍りける

いづことも春の光はわかなくにまたみ吉野の山は雪ふる　（類従本『躬恒集』）

ある所のさぶらひに酒たびけるに召し上げられて、ほとゝぎすを詠めと侍りければ

かれはてんことをば知らで夏草のふかくも人をたのみける哉　（同上）

彼がたまり兼ねて貫之を通じてさる有力者の庇護を受けようとしたのは後年のことだから、今はこれに触れまい。

四　撰者の交友

ともかくこう見て来ると四人の『古今集』撰者らは寛平期の花形たちと随分世間的地位が隔っていたといわねばならない。にもかかわらず彼らは実力によって寛平期二度の歌合にも、『新撰万葉集』にも沢山の作を入集させたが、その実力はさらに昌泰から延喜初年にかけていよいよ蓄積されつつあった。のみならず彼らは互いにひどく親しい友達同志で、常に往来して歌の習練はいうに及ばず、身

過ぎ世過ぎのことまでも打ち明け合い慰め合った様子である。もっとも貫之と友則は従兄弟（いとこ）だけれども年齢の差が大きすぎたから、親友という程には至らなかったらしい。友則が延喜七年頃、すなわち『古今集』編纂の途中で亡くなった時の貫之の挽歌（ばんか）は、

　明日知らぬわが身と思へど暮れぬまの今日は人こそ悲しかりけれ

というので、友則その人を痛切に悼（いた）むよりも、その死につけて人の生命のはかなさに思いを致した様な一種の余裕が感じられないでもない。これは友則が貫之にとって、ある距離を置いて眺められる先輩だったことによるのではあるまいか。

無二の親友 躬恒

これに対して貫之の無二の親友は躬恒であった。二人の仲のよさは歌の上だけでも随分いろいろ証拠がある。

　七日のあしたに躬恒がもとより

君に逢はで一日（ひとひ）二日（ふたひ）になりぬれば今朝（けさ）彦星の心ちすらしも

とある返し

あひ見ずて一日も君にならはねば織女(たなばた)よりもわれぞまされる　（『貫之集』）

というのは、七夕の星に託して一日千秋の思いを述べ合ったもの。

凡河内躬恒が月明かき夜来たるによめる

かつ見れどうとくもあるかな月影のいたらぬ里もあらじと思へば　（同上）

は、貫之が親友を独占したい気持から人付き合いのいい躬恒がどこへでも出向くことを恨んだもの。

躬恒が

まことなきものと思ひせばいつはりの涙はかねて落さざらまし

とある返りごと

惜しからぬ命なりせば世の中の人のいつはりになりもしなまし　（同上）

というのは、躬恒がどうせきみに真実の友情なんか無いと思っているから空涙など落さないでくれと駄々をこねたのに対して、貫之が自分は誓いを破ったら生命はないと神に誓った、だから世の常の偽りは決してやらぬから安心したまえと答えたので、実に遠慮の無い問答である。

躬恒がもとより

草も木も吹けば枯れ行く秋風に咲きのみまさるもの思ひの花

返し

ことしげき心より咲くもの思ひの花の枝をば面杖（つらずえ）につく（同上）

というのは、どうも近頃憂欝で叶わないよと躬恒がこぼしたのに対して、貫之がそんなに憂欝ならその「もの思ひの花の枝」で杖でも作って頬杖突いたらどうだとひやかしたので、この返歌はちょっと狂歌的といってもいい。貫之は親友の憂欝な仏頂面（ぶっちょうずら）を何とかほころばしてやろうと精一杯ふざけているのである。

二人が一しょにどこかへ出かけて、「おく山に杣（そま）人の木ひく音の船こぐ音に似」

ていたので、

おく山に船こぐ音のきこゆるは　躬恒
なれる木の実やうみ（注、海と熟みを掛けた）わたるらん　貫之

という連歌をものしたという話も（『俊頼口伝集』）、後世の史料とはいえ二人の仲から考えると妄誕ではなかろう。貫之と躬恒は一方は指導者的・理論家的だったのに対して、他方はすぐれて実作者的で、かなり人間のタイプが異なっていたが、それがかえってウマが合う理由だったのかも知れない。

躬恒の不遇

躬恒は延喜の半ば以後官職もようやく少し進んだが、歌の方も『古今集』が世に布くとともに急速に認められ、延喜十三年（九一三）の『亭子院歌合』にはその作二十首が興風の九首、貫之の六首等をはるかにリードしている。延喜二十一年宇多法皇の寵妃京極御息所褒子が春日の社に詣でた時、法皇の腹心大和守藤原忠房は八首ばかりの歌を躬恒に代作させ、沢山の土産物の器に添えたが、帰京の後こ

れらの歌を本歌とする返歌合が盛大に催された。これらはどちらも躬恒にとっては光栄の至りだったが、これだけの作者にして『古今集』撰進までは少数具眼の士、たとえば平定文などのほかに知己を得なかったのは不思議でさえある。

今も遺る『定文歌合』に躬恒の作が十五首を数えて断然多いのは、この歌合が「世のすねもの」平定文によってその私邸で「心許したる友」躬恒を相手に催されたすさびだったためかといわれるが（萩谷朴『平安朝歌合大成』一）、もしそうとすればこれも躬恒の不遇ぶりの一証となる。こう見て来ると彼が『古今集』撰者の一人になったのも、あるいは少数の知己の一人だった貫之の推挙によるものだったかも知れない。というのは貫之はもともと友のために同情し奔走する親切心の持主だったからで、それはたとえば、

　　壬生忠峯が左近のつがひの長にて、文おこせて侍りけるついでに、身を
　うらみて侍りける返事に

ふりぬとていたくなわびそ春雨のたゞにやむべきものならなくに（『貫之集』）

の歌によっても察せられる。

貫之を中心とする文学グループ

こんな肌合の貫之が昌泰から延喜初年の間すなわち三十歳前後の頃から、次第に彼の周囲に一つの文学グループを結集しはじめたのは自然の成行きである。そのことを立証するこの上もない良い史料に『紀師匠曲水宴和歌』というものがある。『群書類従』に収められて早くから世に知られてもよさそうな文献だったが、原題が「紀師近」となっていたので長いこと捨てて顧りみられなかった。この史料を取り上げて「近」はまさに「匠」の誤りであろうとし、「紀の師匠」すなわち貫之を師匠と仰ぐ一群の人々の催した曲水の宴の記録であることに注意したのは山田孝雄である（『日本歌学の源流』）。

曲水の先例

曲水は中国から伝来した風俗で、三月三日に流水に觴を浮べ、酒を飲みながら觴の流れ去る間に兼題の詩を賦すという雅びな貴族の遊びである。奈良時代か

紀師匠曲水宴

ら平安時代初めにかけて盛んに行われたが、平城天皇の世にある事情から宮廷行事としては中絶した。しかし菅原道真の『菅家文草』にも寛平三年の曲水の詩が見えるから、文人の私的な催しとしてはその後もあったのだが、詩の代りに和歌を詠むという試みは全く貫之らの新機軸だったのかも知れない。

貫之は友則・躬恒・忠岑の他に藤原伊衡・大江千里・坂上是則・藤原興風を加えてこの宴を催し、「花浮二春水一」「燈懸二水際一明」「月入二花灘一暗」の三題で各題三首ずつの歌を作った。伊衡はかの敏行の子で、貫之とほぼ同年、醍醐・朱雀両朝に仕えて承平四年(九三五)には参議にまで栄進した。延喜以後は歌人としても現われたがこの頃はまだ初心者らしく、曲水の歌も一等拙劣である。是則は御書所に仕えたことがあったようだから(『勅撰作者部類』『三十六人歌仙伝』)、この宴の当時も貫之の同僚だったかも知れない。『古今集』の撰者ではないが、

ならの京にまかれりける時に、やどれりける所にてよめる

みよしのの山の白雪つもるらしふるさと寒くなりまさるなり（『古今集』六）

やまとのくににまかれりける時に、雪のふりけるをみてよめる

あさぼらけありあけの月とみるまでに吉野の里にふれるしら雪（上同）

などの絶唱を作りうる人であった。千里は例の『句題和歌』の編纂者だから、和漢の文雅を融合しようとするこのような催しには最も興をそそられた口だったろう。しかし興をそそられたのはひとり千里だけではない。躬恒の書いた序文は「さても今宵あらざらん人は、歌の道も知らでまどひつゝ、天の下に知りがほするなめり。」と大気炎を上げていたそうである。

グループの意欲

この序文は後人の筆によるあとがきの中に引用された前引の部分しか伝わっていないが、奥村恒哉氏はこれによって曲水に集まった人々が醍醐天皇と『古今集』に連なる一団で、彼等は宇多法皇側近の歌人との間に明らかに一線を画し排他的であったと主張した（奥村、前掲論文）。氏はその証拠として宇多法皇側近の藤原忠房や大中

臣頼基の作が『古今集』に入っていないことを挙げたが、しかしその論法で行くとこの宴の参加者の一人伊衡も集に入っていないのだから、私は貫之らが偏狭な派閥を作って『古今集』の選歌を私したとは考えたくない。しかしみずからの力量に対する溢るる自信と、和歌を漢詩に比肩（ひけん）する新文学の位置に高めようとする意欲はこの気炎から十分に看てとられる。

貫之のリーダーシップ

山田孝雄はこの史料の表題に「紀師匠」とあることから、この一団が当時貫之を「師匠」と仰いでいたと論じたが（山田、前掲書）、しかしこの表題は後人の附したものであろう。少なくとも先達の友則・興風までが貫之に師事したとは考えにくい。しかし気鋭（きえい）の貫之が文学グループの実際の推進力となり、従兄友則らまでもその中へ加える程のリーダーシップを発揮したという意味なら、後年の貫之の地位と行状から可能性がある。現に参加者の一人忠岑は天慶八年の著書『和歌体十種』で貫之の歌学を継承しただけでなく、貫之に「先師」の敬称を奉るに至っている

（一八五ページ参照）但しこの曲水の宴が何時催されたか不明なので、一団の形成された時点も貫之が歌人群の惑星となった時点も確かには指摘できない。山田孝雄の昌泰年中を前後する頃かという意見が大局的に首肯できるのみである。

ともかくも貫之らは醍醐治世の初頭頃には、前代の歌人らに伍して着々力を蓄え、おのおの新しい歌風を探求し、また互いに交わりを密にし、一団の力量を世にクローズ＝アップする機会を今や遅しと待ち設けていた。『古今集』編纂の勅命は来るべくして来た。

2　『古今和歌集』の編纂

延喜の御時、倭歌（やまとうた）知れる人を召して、むかし今の人の歌奉らせ給ひしに、承香（しょうきょう）殿の東なるところにて歌撰（よ）らせ給ふ。

夜の更くるまでとかう云ふほどに、仁寿（じじゅう）殿のもとの桜の木に時鳥（ほととぎす）の鳴

くを聞しめして、四月の六日の夜なりければ珍らしがりをかしがらせ給ひて、召出でてよませ給ふに奉る

(異)こと夏はいかが鳴きけん時鳥今宵ばかりはあらじとぞ聞く　（『貫之集』）

これを読むと、『古今集』編纂を命ぜられて感激に頬を染めながら、おびただしい昔今の歌の山を前に白熱の議論を闘わしている貫之らの姿が生き生きと眼に浮んで来る。また醍醐天皇が時ならぬ時鳥の声にいたく興趣を催し、早速に貫之らを召し出したのも、天皇自らこの仕事が程近い御書所で進行していることに強い関心を抱きつつあったことを物語る。そして歌は貫之の今宵の光栄に歓喜する心を素朴なまで卒直に伝えているではないか。

編纂年次の問題

こんなにも生き生きと状景を伝える史料が存するにもかかわらず、実はここに記された編纂事業が一体何時どんな経過をたどって行われたかという問題は、古来甲論乙駁果てしもない国文学史の難問の一つになっている。それはかいつまん

でいえば、『古今集』には仮名序と真名序（漢文の序）の二つの序文があり、その文意が少し違うことから問題が起ったとしていい。

仮名序には次のように書かれている。

（前略）かかるに今、天皇の天の下知ろしめすこと、四つの時、九のかへりになんなりぬる。（中略）延喜五年四月十八日に、大内記紀の友則・御書の所の預り紀の貫之・前の甲斐の目凡河内の躬恒・右衛門の府生壬生の忠峯等に仰せられて、万葉集に入らぬ古き歌、みづからのをも奉らしめ給ひてなん。（中略）すべて千歌廿巻、名付けて古今和歌集といふ。（後略）

一方真名序にはこうある。

（前略）陛下御宇今に九載（中略）、爰に大内記紀友則・御書所預紀貫之・前甲斐少目凡河内躬恒・右衛門府生壬生忠峯等に詔して、各家集幷に古来の旧歌を献ぜしむ。是に於いて重ねて詔有り。奉る所の謌を部類し、勒して廿巻と

なし、名づけて古今和歌集といふ。（中略）時に延喜五年歳乙丑に次る四月十五日。臣貫之等謹みて序す。（原漢文）

これを素直に解釈すると、仮名序によれば延喜五年四月に勅命が下って編纂が開始されたことになり、真名序によればその同じ時に完成して序を附して奏上したことになる。

延喜五年は奉勅か完成か

ここで千年近い論争史を逐一紹介するわけには行かないし、まして私見をくどくどと述べ立てる場所でもないが、『古今集』編纂は貫之の生涯を決定した大事だったのだから、旧説をできるだけ簡単に要約しておこう。『日本紀略』の延喜五年四月十五日の条に「今日御書所預紀貫之古今和歌集一部廿巻を撰進す。」（原漢文）と明記したのは、真名序の末尾に拠ってこの日の完成奏上と断じたものであって、平安時代中期以後の通念を示しているが、十二世紀の歌人藤原清輔は、『古今集』に延喜七年の大井川行幸の時詠まれた歌や延喜十三年の『亭子院歌合』の歌が入っていることを発見して、延喜五年奏上説に疑問を抱いた。彼の『袋草紙』(二巻)によれば学に忠実な清輔は先輩の藤原基俊にこれを質したら、基俊はこれら数首は奏上後の追入だろうといった。清輔は基俊説の弱点を鋭く批判したものの、結局は追入説を半ばは首肯した形で筆を納めている。

西下・村瀬説

以後延喜五年奉勅説と奏上説は交々世に行われたが、昭和に入ってから西下経一氏は、延喜八年に中納言となり同十四年大納言に進んだ源昇を『古今集』は中納言と記していることなどの内部徴証から考察して、延喜十三－四年の奏上であると論じた(「古今集の完成奏上の時期」『文学』一ノ五)。また村瀬敏夫氏はそれではあんまり長く時間を費しすぎたという前提から、延喜十三年の『亭子院歌合』の歌は後の追補とし、延喜九年四月に薨じて翌月太政大臣正一位を追贈された時平の官位を集が「左大臣」と記していることなどによって、時平在世中の奏上と論じた(「古今集奏上年代私考」『和歌文学研究』三)。学界には依然として延喜五年完成奏上をとる見解もあるが、私は村瀬氏の説に傾聴したいと思っている。

真名序の末尾

つけ加えて私見をいえば、奏上説の出発点となった真名序末尾の「時に延喜五年四月十五日。臣貫之等謹みて序す。」の部分は、初めから真名序にそのまま存したものとしては少しおかしいのである。延喜五年には友則がまだ生きていたのだから、この先輩をさしおいて「臣貫之等」と麗々しく貫之が書く筈がない。もっとも勅撰詩集等の序をみると必ず官職最も高い人の名をこういう場合に書くと限らぬが、この部分はあるいは後人の追補ないしは改竄で、それは『古今集』といえば誰もが貫之を連想するようになった平安中期以後の通念に従って書かれたものかと思われる。後に述べるように真名序は奏上の正本には附されていなくて、いま世に伝わるものは草案と考えられるのだから、その原形に「時に云々」という堂々たる奏上形式が完備していなかったとしても無理はない。こう考えると内部徴証からいろいろな矛盾を生ずる延喜五年奏上説を強いて固執する必要は無くなるであろう。

古歌蒐集と部類配列

さて前に引用した真名序をもう一度読んでいただくと、『古今集』の編纂は二段の経過をとったことが分る。つまり「詔して各家集幷びに古来の旧歌を献ぜしむ。」が第一段の仕事であり、「重ねて詔あり、奉る所の謌を部類し、勒して廿巻となし、名づけて古今和歌集といふ。」が第二段の仕事であって、醍醐天皇の詔は二度下ったのである。

『続万葉集』

初度は諸家集及び散在している歌屑を蒐集し書写する仕事であった。その結果ひとまず纏められた歌集は、真名序の一本によれば『続万葉集』と名付けられたということである。あるいは仮りにそんな名称が付けられたかも知れない。この書は今はもとより見る由もないが、久曽神昇氏は伝小野道風筆『継色紙』がその断片ではないかと推定している(「継色紙と続万葉集」『国語と国文学』三〇ノ十一)。『万葉集』以後一世紀にわたる和歌を蒐集するのは今日考える以上に骨の折れる仕事だったろうが、ただ雑然と集録して『続万葉集』といった便宜的な名称をつける

独創的なプラン

継色紙

なく山
ほととき
す
くるゝかと
みれはあけ
ぬるなつのよを
あかすと
や

だけでは不満とする朝廷の意向があったと見えて、第二段の部立（ぶだて）と選歌の詔が出た。松田武夫博士は、『続万葉集』が醍醐天皇の御意に叶わず却下されたので、撰者らは恐懼（きょうく）して構想を練り直したと考えているが（『日本歌人講座』2「紀貫之」）、むしろ蒐集事業の当然の発展が部類編纂の事業となったものと考えていいだろう。

部類して二十巻に編纂することになると、『万葉集』のような雑然たる体裁では仕方がないから、貫之らは平安初期の勅撰詩集や『新撰万葉集』上巻の組織を範とした。無論それらをそのまま真似るのでなく、さらに「夜の更くるまでとかう云ふ」ような苦心の末、春・夏・秋・冬・恋・雑の間に賀・離別・羇旅・物名・哀傷を挿み、雑体と大歌所歌を附加して、約一千首を二十巻に収める独創的なプランを打ち建てた。後世長く勅撰歌集の不動の基準となったこの組織を案出したのは、あえて貫之といわず四撰者の不朽の功績であった。

　松田武夫氏によると、各巻の内部に立ち入ってみると、たとえば「春」の部は立春・雪・鶯・若菜・柳・帰雁・梅・桜・藤・山吹・三月晦日等の各主題を追って配列され、まるで季節の移り変りの絵巻物を眺めるようにリズミカルに組立てられており、梅・桜の部分は更にこまかく花の咲き散る順序に並べてあるという凝りようで、これによって「各歌に一種の親和力」を生み出している（「勅撰集の撰述過程に於ける意識の問題」『国語と国文学』三〇ノ一二）。また賀の部も、当代の皇統の祖である光孝天皇ゆかりの人々の算賀の歌を集録するという、はっきりした焦点を以て編まれている（「古今集賀歌の構造」『国語と国文学』三四ノ五）。このこまかい気配りは松田氏のいうように、まさに「一種の創造活動」なのであった。その功のどれだけのパーセンテージを貫之のものとするかは決定する鍵がないが、撰者グループの中心としての立場と序文などからして、貫之が主役を演じたことは否定しえない事実である。

有名な仮名序

編纂事業をリードするとともに、貫之はまたかの有名な序を書いた。

和歌は、人の心を種として、万の言の葉とぞなれりける。世の中にある人、事わざしげきものなれば、心に思ふことを、見るもの聞くものにつけて云ひ出せるなり。花に鳴く鶯、水に棲む蛙の声を聞けば、生きとし生けるもの、いづれか歌を詠まざりける。力をも入れずして天地を動かし、目に見えぬ鬼神をもあはれと思はせ、男女の中をも和らげ、猛き武夫の心をも慰むるは歌なり。

両序の先後と作者

という仮名序の冒頭は誰知らぬものもない。しかし仮名・真名の両序は果してそれがともに貫之の作か、どちらが先に作られたかなどの問題があって、編纂年次の論と絡み合って今日まで盛んな論議が展開されて来た。序文が貫之の価値を左右する大きな仕事である以上、私はこれらの研究史にも少しは触れないわけに行かないようである。

かの清輔の説によると、元来『古今集』には「陽明門院御本」「小野皇太后御本」「花薗左府御本」の三部の証本があった（『袋草紙』巻二）。前二者は平安末までに焼失していたが、その内醍醐天皇に奏覧された本らしい「陽明門院御本」には、不思議なことだが序文が附いていなかったらしい。もっとも「小野皇太后御本」には「貫之自筆」の仮名序が附き、「花薗左府御本」には「貫之妹自筆」と称する仮名序があったし、また『栄花物語』（月の宴）に「古今には貫之序いとをかしう作りて仕う奉れり」といっているから、仮名序が平安中期以後存したことは疑う余地もないが、真名序の方は清輔の挙げた三本のどれにも附されていた形跡がない。今の伝本にも真名序を載せない本が多いが、十一世紀初めに藤原公任(きんとう)の編纂した『倭漢(わかん)朗詠集(ろうえいしゅう)』と十一世紀中頃藤原明衡(あきひら)の編纂した『本朝文粋(もんずい)』には真名序が入っている。しかし両書ともにその筆者を貫之とせず、紀淑望(よしもち)と明記している。そこで古くから仮名序は貫之の作、真名序は淑望の作と考えられて来た。

昭和十一年に山田孝雄が仮名序の文に多くの杜撰(ずさん)な点があることを指摘し、藤原公任以後の「誰人かの創作せしもの」と断じたのは、学界に波紋を投げた一石だったが（「古今集の仮名序の論」『文学』四ノ一）、かねて『古今集』の伝本を精査していた西下経一氏の反論があらわれ（「山田博士の古今集序に関する新説に対して卑見を述ぶ」『国語と国文学』一三ノ五）、仮名序偽作説は大方の承認を得るに至らなかった。しかしこの論争を契機として盛んとなった沢山の研究を通じても、真名序の作者が貫之か淑望か、またどちらが先に作られたものかはなお定説を見ない有様で、これは貫之の文学的業績を述べなければならないこの伝記にとってまことに都合の悪い話である。我々は一体両序のどちらを彼の歌論と観ればいいのであろうか。

というのはこれまでの研究は、両序とも内容的には大差がないのだ、どちらかが他を翻訳的に模倣しているのだという先入見に従っているけれども、両序には根本的にかなり考え方の違いがある。真名序は上古神世以来宮廷で盛んに作られた和歌が、「民業一たび改まりて」漢詩文のみ流行するようになって衰えてしまい、「好色之家」や「婦人」のものとなり下った過去を痛憤している。

俗人争（いか）でか栄利を事とし、和歌を用ひざる。悲しいかな、悲しいかな。貴は相将（しょうしょう）を兼ね、富は金銭を余すといへども、骨はいまだ土中に腐（く）ちざるに、名は先んじて世上に滅ぶ。適（たまたま）後輩に知らるるものは、唯和歌の人のみ。何となれば語は人の耳に近く、義は神明に通へばなり。

とか、

其間和哥は弃（す）てて採られず、風流野相公（やしょうこう）（小野篁）の如き、雅情在納言（ざいなごん）（在原行平）の如しといへども、皆佗の才によりて聞え、斯の道を以て顕はれず。

といった悲憤慷慨調だが、この部分は仮名序に全く見えない文である。その代りに仮名序は、

かくこのたび集め撰ばれて、山下水の絶えず、浜の真砂の数多く積りぬれば、今は飛鳥川の瀬になる怨みも聞えず、さざれ石の巌となる喜びのみぞあるべき。

とか、

たとひ時移り、楽しび悲しびゆきかふとも、この歌の文字、青柳の糸絶えず、松の葉の散り失せずして、まさ木のかづら長くつたはり、鳥の跡久しく留まれらば、歌のさまをも知り、言の心を得たらん人は、大空の月を見るがごとくに、古を仰ぎて、今を恋ひざらめやも。

と現在及び未来を謳歌する方にウエイトが置き替えられている。そしてその点に

なると真名序は「適和歌の中興に遇ひ、以て吾が道の再び昌なることを楽しむ。」と素気なく片付けているに過ぎない。

だからかの有名な六歌仙の評にしても、真名序は「花山僧正（遍昭）尤も歌体を得たり、然れども其の詞甚だ花にして実少なし。」とか、「文琳（文屋康秀）は巧みに物を詠ず、然れども其の体俗に近し。」とか一々難癖をつけ、まして六人以外の連中に至っては「歌の趣を知らざる者なり。」と小気味よい程否定し去る。ところが仮名序になると、今私が「然れども」と訓じた個所を大抵順接に記す。「在原の業平は、その心あまりて、言葉足らず」、「文屋の康秀は詞巧みにて、そのさま身におはず」。こういう風にぼんやりと和らげているので、後世の読者はむしろ六歌仙を挙げて讃美したもののように理解するようになった。これは単に漢文と和文のニュアンスの違いでなく、両序の前代の傾向に対する観方が厳しさの点でかなり隔っているとしなければなるまい。

真名序が先か

読者に推理していただきたいが、この差の生じた理由がもし両序の作られた時期の違いによるとしたら、どちらを先とすべきであろうか。私は真名序が先と考えたい。こういう風に考える一つの材料は、先に述べたように真名序が編纂経過を二段に詳しく述べたのに、仮名序が第一段の蒐集事業に一切触れていないことである。その代り仮名序は、

それが中にも梅をかざすより始めて、時鳥(ほととぎす)を聞き、紅葉を折り、雪を見るに到るまで、また鶴亀につけて、君

六歌仙の一人小野小町（『佐竹本三十六歌仙』）

を憶ひ、友を祝ひ、秋の萩・夏の草を見て、妻を恋ひ、逢坂山に到りて手向けを祈り、あるは、春夏秋冬とも入らぬくさぐさの歌をなん撰ばせ給ひける。すべて千歌廿巻、名付けて古今和歌集と云ふ。

と長々と述べ立てたが、読者のお気付きの通りこれは『古今集』の春・夏・秋・冬・賀・離別・覊旅といった部立を美文調で紹介した文にほかならない。これは真名序には全く見えない。そこで私は真名序は第一段の蒐集事業が済んだ頃作られたので、まだ確定していない部立に言及する由もなく、一方仮名序は第二段の部類編纂の目鼻がついた頃に作られたので、迅うに終った蒐集事業の記述は省いてしまったと考えたいのである。こう考えてくると、両序のニュアンスの違いは前代に和歌が衰えて世の片隅に追いやられていたのを痛嘆しながら蒐集に着手した撰者らが、後になると今や和歌が華やかに復興して一大アンソロジーの成ったことに湧き上る喜悦を禁じえなくなった心理的変化を、まことに正直に語ってい

痛憤より歓喜へ

るものではあるまいか。この心理的変化は確かに貫之のものであったろう。

しかし両序のニュアンスの違いは、単に作られた時期の違いとのみ片付けられない。私は『倭漢朗詠集』と『本朝文粋』が真名序の作者を紀淑望と明記していることを故なく否定することはできないと考えている。たとえば『本朝文粋』は詔や位記あるいは摂関大臣らの上表願文などをも、みな実際の執筆者の氏名を掲げて集録しているのだから、淑望作というのも必ず内幕を伝えたものとしなければなるまい。貫之は後に少内記・大内記に任ぜられ、これは詔勅や宣命を作り位記を書く職掌で、特に漢文の上手な者でなければ勤まらなかったのだから、彼が独力で真名序を書けなかった筈はないとする説はもっともだが（吉田幸一「古今集両序の先後問題についての新考察」『国語と国文学』一九ノ五）、だからといって貫之が他の誰かに分業的助力を求めたことがありえないわけでも有るまい。そもそも真名序の悲憤慷慨は貫之の性格からすると多少激越すぎるから、誰か貫之以外の人物が執筆に関与したかとも疑われる。というのは骨子大綱は撰者たる貫之の思念を尊重しながら、草稿の作成に内輪に協力したという意味で、そういう人を求めるとすればそれは淑望以外には無い。淑望は紀氏の中でも詩文において特別に名声を駆せた長谷雄の子で、彼自身も文筆の達者で、後に大学頭・東宮学士にもなる人であった。一臂(いっぴ)の労は快(こころよ)く貫之に貸したであろう。

仮名序の思想

大変廻りくどい話になったが、もし以上のような事情とすれば貫之個人の思想は仮名序の方により純粋に現われているとしなければならない。それを一口にいえば、当代の盛世を謳歌(おうか)する手放しのオプティミズム(楽天主義)である。和歌が久しい隠遁のすさびから太平の文華として脚光を浴びたことへの最大級の歓喜である。後世の人々は古(いにしえ)の歌とともに今の歌を仰いで範とせよという絶大な自信である。貫之はこの大きな歓喜と誇りから、草稿の真名序をあえてみずから仮名文に作り直したものではあるまいか。漢文を土台としたことや、仮名文が生れて間もない時代だったために、文意は必ずしも澄明でなく、六義（りくぎ）の説のような不必要なペダントリー（学衒）も混っているが、貫之の指導者的地位はおそらくこれによって確立したし、後世の歌学はすべてこの序文から出発しているのである。

3　宮廷歌人

宮廷和歌の全盛

『古今集』成立とともに宮廷は和歌の全盛時代を迎えた。貫之らはすでに素人ではなく、れっきとした専門歌人であった。専門歌人と呼ばれる資格は概ね屏風歌の用命によって決まる。平安時代の宮殿邸宅はガランとした構造だったから、間仕切りの障子・屏風が必要な調度で、それらの障屏（しょうへい）には唐絵（からえ）に加えてだんだん優美な大和絵が描かれるようになった。その絵に題された歌が屏風歌である。屏風の新調される機会は公的には大嘗会（だいじょうえ）の屏風が有名だが、私人の場合では裳着（もぎ）・髪上げの時や算賀（さんが）の際に近親縁者から祝儀として贈られるのが習慣で、就中（なかんずく）多いのは算賀の場合であった。算賀は四十歳を初めとして十歳毎に寿を祝う風習で、中国から伝来して古くから行われたが、貴族社会の発達とともにこの頃から頓に

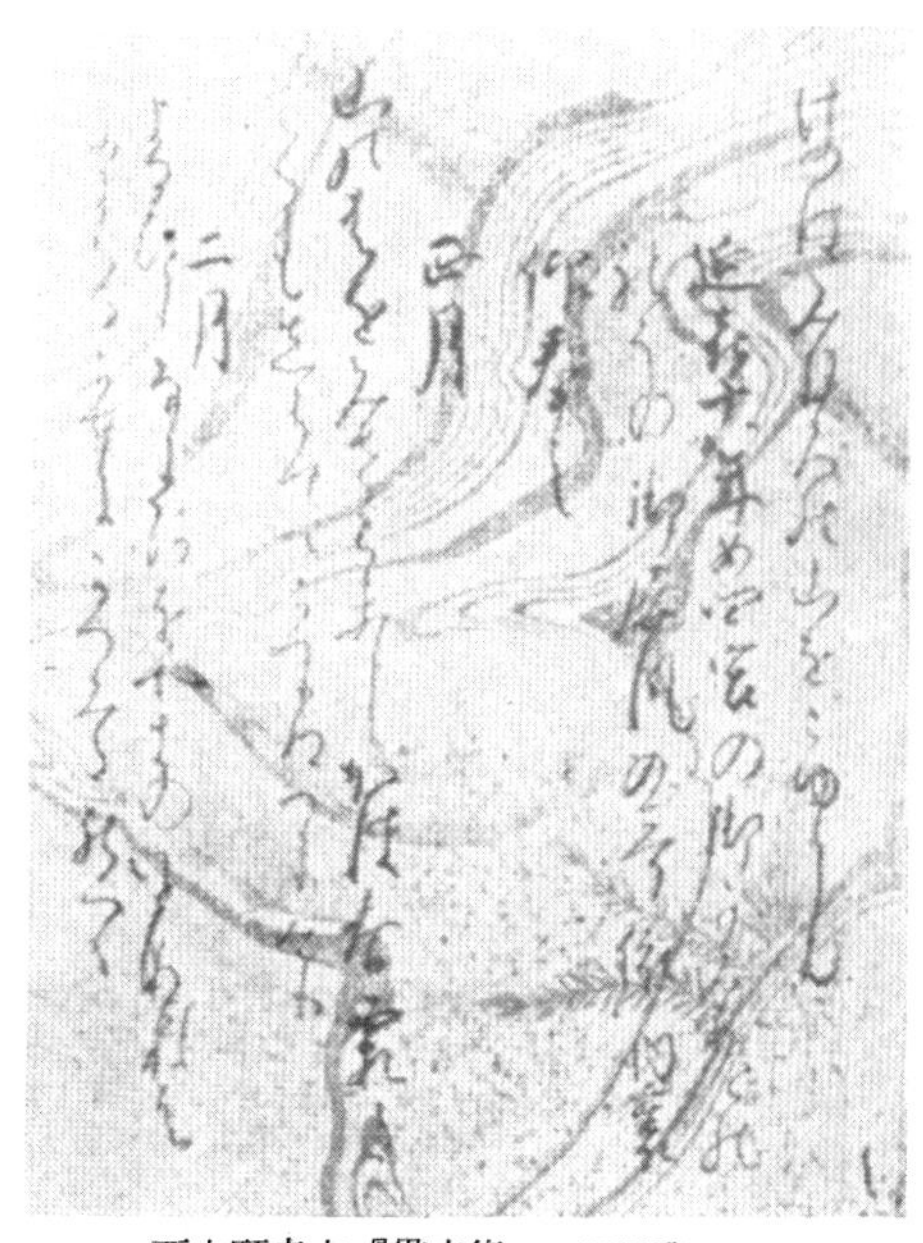
西本願寺本『貫之集』（屏風歌）

延喜十八年女四宮の御かみあけのれうの御屏風の哥　依　内裏
仰奉之
正月
けふはみむろの山をこゆらん
山のはをみさらましかは春霞　た
てるもしらてかへりぬへかりけり
二月
よるひともなきあをやきのいとなれは
ふきくるかせにかつみたれつゝ

盛んになった。

屛風歌の第一人者

貫之の屛風歌は延喜元年に亡くなった本康親王の七十賀に作ったのが今知られる一等古いものだが、以後延喜・延長年間に醍醐天皇とその側近の人々すなわち中宮・女御（にょうご）・尚侍（しょうじ）・皇太子・皇子・皇女や藤原定国・定方兄弟らのために沢山の歌を詠進した。それは延長八年（九三〇）の土佐赴任で中断したが、帰京の後今度は主として藤原摂関家のためにまた沢山の歌を作った。『貫之集』は総計八百首余りの収載歌の間に、屛風歌の類い（たぐい）が過半の五百首余りを占めるのである。貫之のほかにも躬恒・素性など屛風歌を遺している人はあるが、この数には遠く及ばない。貫之が宮廷の御用歌人の断然たる第一人者だったことはこの一事で証明される。これは無論彼の力量がそれ程抜群だったわけでなく、勅撰事業の主役を演じた貫禄からその市場価値が図抜けて上昇したからである。つまり彼は実力以上にあの怖るべき「人気」という怪物にまたがることを得て、壮時数十年をいやが上にも得意に送ることになったのである。

宮廷歌人としての貫之の活躍する舞台は、また時々の遊覧や歌合であった。宇多法皇は『古今集』が成った頃から再び盛んに遊宴にふけるようになる。法皇の精神構造には出離の念の対極に現世的快楽への執着が強く存し、法皇の生涯はこの両極の間を大きく振れ動く。老境に入って時平の女褒子を熱愛し、その間に聡明な雅明親王が生れたことなどが法皇を俗世に呼び戻したものと見える。褒子が京極御息所と呼ばれたのは、彼女が賀茂川のほとりの河原院に置かれたからだと思われるが、この院はもと庭道楽の左大臣源融が造り、陸奥国の名所塩竈（宮城県塩釜市）に似せて池を掘り、難波の潮をわざわざ運ばせて海の魚貝を生かしたという凝りに凝った名園である（『扶桑略記』『今昔物語』）。融の死後一時荒れて、貫之も、

河原の左の大臣殿うせ給ひてのちにいたりて、塩竈といひしところのさまの荒れにたるを見てよめる

君まさで煙絶えにし塩竈のうらさびしくも見えわたるかな　（『古今集』十六）

と詠んでいるが、やがて法皇の伝領するところとなったのである。『扶桑略記』に、延長四年法皇が河原院に現われた融の亡霊のために七ヵ寺に誦経させた記事があるが、風流人融に見込まれるような共通性が法皇にはあった。

法皇の遊宴

同じ『扶桑略記』によれば、法皇は延喜十一年六月「水閣を開き風亭を排き」、群臣に淳酒を賜わった。仏道修行の暇に暑を避けようとの趣向で、当時無双の酒飲みの殿上人八人を召し飲み競べをさせたので、さすが「酒を飲むこと石に及ぶといへども、水を以て砂に沃ぐが如き」豪傑連もみな酩酊して門外に倒れる者やら殿上で反吐を吐く者やら大変な騒ぎになったという。このいささか恐れ入った状景は宇多法皇の生活の一面を示すものであろう。

法皇はしばしば文人を召して詩宴を開き、競馬・相撲を愛し、自他の算賀を派手に行い、洛中洛外の名所を歴訪するなど、その有様は譲位直後の行状をより華

大堰河への供奉

やかに再現した。ただ異なる点は成人した醍醐天皇がしばしば院を訪ね、また遊覧に同行したことである。延喜七年九月十日法皇は洛西の大堰(おおい)河に遊んだが、貫之をはじめ躬恒・忠岑・伊衡(これひら)・是則・頼基らは揃って随行して、水辺の紅葉を賞(め)でながら歌を作った。その歌を集めた記録は散逸したが、貫之の作った仮名の序が幸いに『古今著聞集(ここんちょもんじゅう)』に存している。貫之は序の中で「われら短かき心の、このもかのもに惑ひ、拙き言の葉、吹く風の空に乱れつつ、草の葉の露と共に、嬉しき涙落ち、岩浪と共に喜ばしき心ぞたちかへる。」と精一杯の喜びを表現している。

大　堰　河

そして「この言の葉、世の末まで残り、今を昔に比べて、後の今日を聞かん人、海人（あま）の栲縄（たくなわ）繰り返し、忍ぶ草の忍ばざらめや。」と後世に対して現在を誇った楽天的な態度も、かの『古今集』仮名序と全く同趣旨である。この時の紅葉の美しさに法皇が「行幸もありぬべき所なりと仰せ給」うたので、これを天皇に奏しようとしてまだ年若い後の太政大臣藤原忠平が、

　　をぐら山みねの紅葉ば心あらばいまひとたびのみゆきまたなん

と詠んだのは、小倉百人一首によって有名である。

延喜十三年には、これも有名な『亭子院（ていじいん）歌合』が催された。亭子院は東市（ひがしのいち）に程近く、七条坊門北を南界とし西洞院（とういん）西二町にわたって構えられた宇多法皇の離宮の一つで（『拾芥抄』）、中宮温子（おんし）がここに置かれた。延喜十年代には法皇は仁和寺御室（おむろ）よりもこの院に多く住んだようで、法皇を称して「亭子のみかど」というのもこれによって起った。その亭子院で開かれた歌合は、規模の大きくかつ華麗な点で

は歌合の歴史に一期を画するものである。

のどかな雰囲気

宇多法皇に寵愛された閨秀歌人伊勢の筆かといわれる序（『類聚歌合』）によれば、左の方人は頭に女六の宮誨子内親王、以下敦慶・敦固両親王・中納言藤原定方らが居並び、右の方人は頭に依子内親王、以下敦実・貞数両親王・中納言源昇らが居並び、左方の衣裳は赤色、右方は青色の眼も鮮やかなコントラストに統一されていた。見事な演出である。そして州浜（浜辺の形を象った台）が運ばれ、音楽が奏され、歌を納めた紫檀の箱が桜と柳の枝に付けて持ち出され、やがて法皇自身が判者となって左右の歌が次々に講師によって読み上げられた。

その中に貫之の作は六首ばかり見える。彼の代表作として後々まで喧伝された、

桜散る木の下風は寒からで空に知られぬ雪ぞ降りける

もその中にあって人々の感嘆を呼び起した。しかし貫之のある一首はたまたま法皇の御製と合わされたが、判者たる法皇は「うちの御歌負けむやは。」といって

平然と自作を勝に決めた。貫之にはいい面の皮だが、法皇の帝王らしい気象が躍如としていて面白い。ところが上には上があって、その内に法皇が左方を贔屓(ひいき)にし過ぎると右方から抗議が出て、法皇も余儀なく、

　ゆきかへり千鳥なくなる浜木綿(はまゆう)の心へだてておもふものかは

と弁明して、その一番は合わすことを止めたという。こんな雰囲気は後年のややもすると殺気立った歌合とまるで違う、いとも長閑(のどか)なものであった。

さて私はこの辺で歌壇の巨匠貫之の名吟佳什(かじゅう)を挙げて評釈鑑賞を行う順序というものだろうが、全くの素人に過ぎない私はむしろそれを敬遠したいと思う。ただ世評高かった作品について少しばかり紹介しておく必要はあろう。単なる実作者としてよりむしろ当代の文化指導者として尊重された貫之ではあるが、さすがにかの「桜散る」の一首のほかにも世評に上る歌は多かった。

　三条の内侍の方違へにわたりて、つとめて（翌朝）帰るに、ものなど云ふつ

いでに、「〝雫に濁る〟という歌ばかりは今はさらにえ詠み給はじかし」などいひて車に乗るによめる

家ながら別るるときは山の井の濁りしよりもわびしかりけり（『貫之集』）

というのは、醍醐天皇の女御で右大臣藤原定方の女である仁善子が、前に引いた（五六ページ参照）、

むすぶ手の雫に濁る山の井のあかでも人にわかれぬるかな

を記憶していて、あんな名歌はいくら貴方でもそう幾度も詠めますまいとお世辞をいったのである。この一首が世にもてはやされたことが分る。山の井の「阿伽」（梵語「水」の意味）と「飽かでも」を掛けたところは、貫之らしい厭味な技巧だが、山の清水を掬ぶひまに一言二言詞を交しながら忽ち別れてしまった女性への心残りが、澄み切った清水に一筋のあるか無きかの濁りが走って忽ち消え去る風情に喩えて余韻も豊かに表現された美しい歌である。後世俊成も「歌の本たいは唯この歌な

るべし」とまで激賞した（『古来風躰抄』下）。

そのほか、

春日野の若菜摘みにや白妙（しろたえ）の袖ふりはへて人の行くらむ　（『古今集』一）

の駘蕩（たいとう）たる風情や、『無明抄』に「六月の炎天にも此歌を吟ずれば寒くなる」とまで云われた、

思ひかね妹（いも）がりゆけば冬の夜の河かぜさむみ千鳥鳴くなり　（『拾遺集』四）

の凄滄（せいそう）な状景や、

吉野川岩波高く行く水の早くぞ人を思ひそめてし　（『古今集』十一）

の緊迫した調べなど、みな貫之の名を恥かしめない傑作であろう。

小倉百人一首に入っているのは、

人はいさ心も知らず古里は花ぞ昔の香に匂ひける

の歌である。伝行成筆『貫之集』の詞書（ことばがき）によれば、貫之が泊瀬（はつせ）（長谷寺、奈良県桜井市）に詣で

る度毎に宿った人の家に久しく無沙汰したのち立ち寄ったら、主人が「かくさだかになむ宿りはある」——宿はこんなにチャンと有りますよ、ずいぶんお見限りでしたなと皮肉ったので、貫之はすかさず庭前の梅の一枝を折りながらこの一首を詠んだ。貴方の気持は昔通りかどうか知らないが、花はたしかに昔のままさと、一層痛烈にお返ししたのである。こういう鮮やかな即興の手並こそ、貫之が一世の人気を博した秘密だったのであろう。

しかし余りにも順調な経歴と恵まれた才能は、彼をして人生の表面を上滑りさせ、立ち止ってその底をのぞき見るべき文学者の責務を怠らせた。もし彼に晩年のあの夢敗れた幾年かが無かったら、彼はほとんど太平の逸民として終るばかりであったろう。

太平の逸民

4　自足した「小世界」

延喜年間の官歴

貫之は延喜六年二月に越前権少掾に任ぜられたが(『古今和歌集目録』)、御書所預のままで『古今集』も進行中のことだから、これは無論遙任(任国に赴かないこと)であった。次に延喜七年二月に宮内省内膳司の典膳に任ぜられた。内膳司は「主上のめしあがる朝夕の御饌を調進する役所」(『官職要解』)で、典膳はその長官奉膳の下の地位である。定員は六名、『令義解』には「供御の膳を造り、庶味寒温の節を調和するを掌る」と規定されているが、自ら調理に手を下したかどうか、『令集解』にも諸説が対立していてよく分からない。いずれにせよこの時はまだ『古今集』編纂が進行中で、貫之は御書所預として編纂の方に精励していた筈である。

やがて彼は延喜十年二月中務省に移って少内記となり、次いで十三年四月大内記に進んだ。これは前にも述べた通り詔勅起草などもする大切な職掌だから、『古今集』から解放された貫之にとって快心の任命だったであろう。そして延喜十七年正月待望久しい従五位下を授けられたのは、さらに快心事だったに違いない。もし貞観十四年生れとすれば、この時彼はすでに四十六歳である。

待望の従五位下

但し五位を授けられるとともに任ぜられた加賀介（かがのすけ）は、どうやら貫之にとって不服だったらしい。伝行成筆『貫之集』の一断簡に「冠（こうぶり）たまはりて、官（つかさ）はあれど、心にもつかずよき官に移ら」とあるからである。惜しいことにこの下の部分が欠けているので、一体貫之はなぜ加賀介を不服としたのか推測ができない。が、翌年不服が通ったらしく、美濃介に移った。

貫之が加賀にしろ美濃にしろ現地へ赴任した様子は史料の上に一つも無いから遙任だったらしい。『類聚符宣抄（るいじゅうふせんしょう）』（四）によれば延喜二十二年（九二二）美濃介の任期終って散位となっていた貫之に対して、御書所預の仕事があるという理由で「国忌（こき）」（先皇・母后などの忌日）に参ることを免ぜられているから、貫之は依然として御書所の勤務を続けていた。延長元年（九二三）には大監物に任ぜられる。「監察、出納、管鑰を請け進むるを掌る」職（『令義解』）で、先の内記が秘書ならこれは会計といったところである。これも官人としては陽の当る場所であった。

兼輔への臣従

さて貫之がこんな風に延喜十年頃から官歴が頓に順風満帆となったのには理由がある。これを示すものは『後撰集』（六十）に見える、

もとより友達に侍りければ、貫之にあひ語らひて兼輔朝臣の家に名簿を伝へさせ侍りけるに、その名つきに加へて貫之におくりける　躬恒

人につくたよりだになし大荒木の森の下なる草の身なれば

という歌である。躬恒が不遇だったことも、彼が貫之と早くから相許した親友だったことも先刻承知している我々は、躬恒が自己を引き立ててくれる権力者への仲介を貫之に頼んだことを少しも驚かない。しかし躬恒が貫之を仲介者として堤中納言藤原兼輔の許に名簿すなわち主従契約のしるしを送ったことは、仲介

者貫之が躬恒に先んじて兼輔と同じ契約を結んでいたことを、ほとんど自明の前提として推測させるのではあるまいか。

主従契約の時期

久しく散位だった躬恒が延喜十一年に和泉権掾となったのが、この兼輔に結びついた覿面(てきめん)の効果だったとすれば、かの名簿の時期も延いては貫之が兼輔に近づいた時期も延喜十年以前と考えられる。果して『貫之集』に、

兼輔の兵衛の佐(すけ)、賀茂川のほとりにて左衛門の官人御春(みはる)のありすけが甲斐へ下るに馬のはなむけしたる日よめる

君を惜しむ涙落ちそふこの川の汀(みぎわ)まさりて流るべらなり

とある。兼輔が右兵衛佐になったのは延喜七年三十一歳の時である(『公卿補任』)。この詞書に出て来る御春有輔(みはるのありすけ)は『古今和歌集目録』に「敏行ノ家人(けにん)」というがこれは誤りで、実は兼輔の父利基の家人であった。それは『古今集』(六十)に「藤原のとしもとの朝臣の、右近中将にて住み侍りける曹司(ぞうし)の身まかりて後、人も住まず」

荒れ果てたのを、ある夜更けに通りすがりに見た有輔が懐旧の涙にくれつつ詠んだ歌が見えるからである。若い兼輔が父の忠実な従者だった人の餞(はなむ)けに催した内輪の宴に貫之が出席しているのは、すでに両者が特別な関係を持っていた証拠である。貫之と兼輔が相知ったのは、延喜七年から九年の間の『古今集』進行中のことであろう。

兼輔の官途

それにしても若くして貫之・躬恒らに頼られて庇護者になった兼輔はどういう人なのだろうか。彼はかの摂政良房の兄弟内舎人(うどねり)良門の孫である。良門の子利基は右近衛中将従四位上で終ったが、その大勢(おおぜい)の子の内四男兼茂と六男兼輔は出世して、延喜・延長の交(こう)に前後して参議となり、兼輔はさ

藤原兼輔像（『佐竹本三十六歌仙』）

らに延長五年（九二七）中納言に昇進した。兼輔の出世は、彼が早く醍醐天皇の春宮坊に仕え、その受禅（天皇の位を譲りうけること）とともに蔵人に任ぜられ、延喜十七年には蔵人頭となり、終始一貫天皇の側近に侍したためである。その上彼の女桑子は寵をえて、延長二年（九二四）「十三の皇子」章明親王を生んだ。こういう延喜親政の有力メンバーだったけれども、彼は袞龍の袖に隠れて権力を振おうとする人柄ではなく、文学や宗教に強く引かれる脱俗的性格の持主であった。

歌人としての兼輔

兼輔は三十六人歌仙の一人にも入っている歌人で、家集『兼輔集』にはなかなかよい歌がある。一等有名なのは、

人の親の心は闇にあらねども子を思ふ道にまどひぬるかな（『後撰集』十五）

の一首である。これは藤原忠平が相撲の節会の後で宴を催し、「やんごとなき人二三人ばかり」が二次会に居残って「酒あまたたびの後、酔ひにのりて子どもの上など申しけるついでに」詠まれた歌で、父性愛を吐露してこれ程切々の響を伝

える歌は古来比べるものがない。その歌が『大和物語』では帝に奉ったとされているのは、醍醐天皇の更衣となった桑子の上に愛寵が及ぶかどうかを思いやって、権力に淡白な兼輔も心が千々に乱れることがあったのかも知れない。

父性愛豊かな兼輔は、当然のことながら女性に対しては一層多情多恨で、『後撰集』恋の部で多くの女を泣かせているが、一々挙げるわけにもゆかない。しかしその中には、

女の身まかりて後住み侍りける所の壁に彼の侍りける時書きつけて侍りける手を見て

寐ぬゆめに昔のかべを見てしよりうつつに物ぞ悲しかりける　(十三)

といった誠実味の籠った詠懐もあるから、単なる軽薄非情の浮気者では無かったようである。『源氏物語』の著者紫式部は兼輔の曽孫に当るが、彼女が光源氏をあれ程の好色でありながら、一度交渉のあった女性を決して無下に捨て去ること

をしない美徳の持主として描いた時、式部は曽祖父のこのような一面を果して知っていたであろうか。

『聖徳太子伝暦』

紫式部の曽祖父としてふさわしいことにはもう一つ、兼輔に『聖徳太子伝暦（でんりゃく）』の著作がある。『伝暦』はその流布本に「平氏撰」とあったため、久しく平兼盛の著作と見られて来たが、大正の末期に藤原猶雪氏が中世末期の古写本を発見して、その奥書から延喜十七年蔵人頭兼輔の撰であることを考証した（『日本仏教史研究』）。聖徳太子の伝はかの『上宮聖徳法王帝説』以来度々作られ、その度に新しい伝説を加えて神秘的色彩を増したが、『伝暦』に至って飛躍的に沢山の事蹟が記された。それはほとんどみな兼輔の創作なのである。兼輔のやり方は、まず『日本書紀』推古天皇条の一節を抄記しておいて、直ぐ続けて太子の聰明や功業を語る話を創作しては塡（は）めこむのだが、その手口がまことに絶妙なので、後人はもとより当時の人も彼の創作とは気付かずに読みかつ書写したものであろう。その結果かえって真実の著者名さえ忘れられてしまったのは皮肉なことだが、兼輔の文学的才能が並々ならぬものだったことはよく分る。

兼輔の人間性

兼輔はおそらく宇多・醍醐二帝の勅使としてしばしば叡山に登ったことなどを因縁として天台の信仰に帰依し、「庶くは孩童に伝えむ」ため、すなわち仏教の啓蒙書として『伝暦』を書いたのだが、彼は太子の生涯を述べただけでなく筆を暴逆な蘇我入鹿の伏誅に及ぼし、「聖徳太子平生之歎、因果禍報ここに於いて知れり。」(原漢文)と本文を結んだ。これを蘇我氏の行状に託して、勢威を誇る藤原北家一門としての自他への厳しい戒めを寓したものと解するのは、思い過しであろうか。そういうところにも私は兼輔の権力を好まない淡白な人間性が看取できると思うのである(新装版注=『伝暦』兼輔撰については、近年否定説が出ている)。

定方の父高藤の幸運

兼輔のこういう人間性を愛し、こよない親交を結んだのは、一族でもあり先輩でもある藤原定方であった。彼ら二人を中心として形成された文学サロンは貫之の長い中年期の私生活の最大の場だったから、私は定方についても言及しなければならない。定方は藤原高藤の子で、かの「泉大将」定国の弟に当る。父高藤は兼輔の父利基と同じく内舎人（うどねり）良門の子だから、兼輔と定方は従兄弟になるわけである。良門が庶流でかつ早世したので、高藤も利基と同様その前途は知れたもので、事実そろそろ老境に入るまで四位少将に昇った程度であった。ところが彼の女胤子（いんし）が愛された源定省（宇多天皇）が皇位を継ぎ、彼女の生んだ敦仁親王が皇太子となった幸運が、彼の官途を一挙に推し進めた。寛平六年（八九四）一躍三階を越えて従三位に叙し、翌年参議となり、胤子は不幸寛平八年に卒したが、高藤は引き続き出世して昌泰三年（九〇〇）ついに内大臣に昇って、左大臣時平・右大臣道真と並ぶ。その年六十三歳で薨ずると、さらに正一位太政大臣の極位極官を追贈された。

高藤のロマンス

　高藤の思わぬ幸運には一つの変った因果ばなしがある。彼は十五－六歳の頃鷹狩に出て、南山階（やましな）の山辺に行き暮れてとある豪族の家に宿を求めた。そこで図らずも見かけた十三－四歳の少女と一夜の契りを交わしたが、その後絶えて会う術もなく六年ばかりを経た。しかし時を隔ててもいよいよかの少女を忘れられないので、鷹狩の時召し連れた馬飼の男に案内させてその家を探ねてみると、彼女は健在だったばかりでなく、一夜の情で生れた眉目美しい女子のいることをも発見した。高藤は喜んで二人を邸に伴い、この女と夫婦になってさらに二人の男児を儲けた。先の女児が胤子、男児二人が定国・定方、またかの豪族は宇治郡の大領宮道弥益という者で、この家の跡にその後勧修寺が創建されたというのである。

この話は『今昔物語』(二十二)に出ているもので少し面白すぎるし、鷹狩の時の高藤の年齢を十五－六歳として計算すると女御胤子が宇多上皇より十五－六年も年長になったりするから、どう考えても事実と見ることはできない。しかし『尊卑分脈』にも定方らの母は宮道弥益女従三位引子と見えるからまるきり根拠の無い話でもないらしい。高藤の幸運はそんなロマンスを生むにふさわしい並はずれたものだったわけである。

定方の風流

高藤は偏えに外戚たる幸運によってのみ栄進をしたので政治的才幹も野心も無かったが、彼の長子定国は延喜初年の実力者だったことは上にも述べた。しかしこの兄の早世の後を承けた弟定方は性格的に父に近かった。定方は敦仁親王（醍醐天皇）立太子の余恵で従五位下陸奥少掾となって以後順風満帆に出世して、延喜九年参議、十三年には六人を超えて中納言、さらに延長二年（九二四）には右大臣の栄位に昇って、左大臣忠平と並んだ（『公卿補任』）。にもかかわらず定方は権力に恬淡で、ひたすら風流韻事をこととした。彼の家集『三条右大臣集』を見ると、昌泰元年（八九八）の「朱雀院女郎花合」の時すでに歌を作り、その一首は『古今集』にも入っているが、やがて延喜・延長の間に兼輔とともに滋味溢れる文学サロンを形成した。

定方・兼輔の交

『兼輔集』に見える、

三条右大臣殿（定方）のまだ若くおはせし時、交野に狩し給ひし時追ひてま

うでて

君が行くかたの遙かに聞しかど慕へばきぬるものにぞありける

急ぐことありて先だちて帰るに、かの大臣(おとど)の水無瀬(みなせ)殿の花おもしろければつけて送る

桜花匂ふを見つつかへるにはしづ心なきものにぞありける

京に帰りたるにかの大臣の御返事

立ちかへり花をぞわれは恨みこし人のこころののどけからねば

という一連の贈答は、彼らの親交が若い頃から並々ならぬ密度で結ばれていたことを物語る。水無瀬殿や桜の花ざかりというのを聞けば、誰もがあの惟喬(これたか)親王と業平らの交友の状を想起するに違いないが(三四ページ参照)、彼は失意同志の痛ましい憂さ晴しであり、これは得意同志ののどかな遊びである。和歌の生れ出る背景も思えば変ったものではないか。それはともかくとして、さらに兼輔は「内蔵(くら)のすけ

にて内の殿上をなむしたまひける頃」すなわち彼の三十歳近い頃に定方の女と恋仲になったから(『大和物語』一三五)、彼らの関係は二重三重の絆で結ばれたのである。

サロンのメンバー

さてこのように長々と兼輔・定方について述べたのも貫之の延喜・延長の間二十余年の生活が彼らによって支配されていた比重が極めて大きいからである。いうまでもないことだが、整然たる律令の官職制度も一歩裏に廻れば血縁と情実の物を言う複雑な人間関係の絡み合いにほかならない。その血縁の上で宿命的なハンデキャップを負ふ中・下級貴族は、伝手を求めて権門勢家に近づき、名簿を呈して主従となり、しきりに物を贈ったり忠実に雑用を勤めたりして、除目の際には主の推挙によって官職にありつこうとした。今も昔も変らぬ浮世のあさましさである。貫之の兼輔への結びつきも又その例に洩れないわけだが、それにしても主人が一種脱俗の風流人だったから、周囲に集まるメンバーにも結ばれたグループの様相にもおのずから特異なものが現われた。

サロンのメンバーは醍醐天皇の弟敦慶親王を別格として、公卿もおれば受領もおり、およそ雑多な顔触れである。まず敦慶親王は『河海抄』によれば「好色無双」の「美人」で、多くの女性と交渉があった。たとえばかつて宇多法皇に愛された歌人伊勢もその一人で、親王との間にはこれも歌人の中務が生れた。また「敦慶の親王まうで来りけれど逢はずしてかへして」おきながら翌朝未練がましく歌を贈ったりした、ややこしい人柄の「桂のみこ」がある（『後撰集』九）。その桂内親王の宮に仕えて敦慶親王に片思いした「うなひ」（少女）がある（『大和物語』四〇）。親王が「ここかしこに通ひすむ所多くて常にしも訪は」なかったので、負けずに自分も「いろごのみ」の名を高くした勝気な「源のたのむがむすめ」がある（『後撰集』九）。そのほかまだ何人かいるが、親王のこういう無類の好色ぶりに怖れをなした定方が、親王が「年ごろ家のむすめに消息通はし」たのに「かるがるしなどいひて許さ」なかったのは（『後撰集』六）、もっとも千万であった。しかし親王は婿とするには閉口でも風流の仲間としては懸け替えの無い人だったから、その延長八年（九三〇）「きさらぎの花ざかりに」薨じた時、定方と兼輔は切々と哀惜の歌を取り交した。また後に親王の故宮に定方は他の公卿たちを誘って行き、碁を打ち酒飲みなどして遺族を慰め、

をみなへし折る手にかゝる白露はむかしの今日にあらぬ涙か

と詠んだ（『大和物語』二九）。

敦実親王

親王の同母弟敦実親王は笛の名手として知られ（『体源抄』）、かの蟬丸の師として伝えられる人だが、やはりグループの一人だったらしく、兼輔と兄親王の故宮に落ち合って物語して兄親王を偲んだことがある（書陵部本『兼輔集』）。

藤原仲平

公卿としては藤原仲平と同玄上がある。歌仙家集本『兼輔集』に「枇杷殿（仲平の邸宅）に詣でたりければ昔物語し給ふとて」云々とあるのは、仲平がサロンの盛時にここに出入した証拠である。仲平は兄時平の気鋭をも弟忠平の寛厚をも欠き、政治的器量の不足から弟よりも昇進が遅れたが、そういう非出世型の人物がグループ

に加わったのはさもありなんと思われる。

受領階層の人々

このほかは大抵受領階層の人々で、夏の夜に琴をひいて兼輔と貫之に聞かせた清少納言の祖父清原深養父(ふかやぶ)(『後撰集』四)、「北山のほとりにこれかれ遊び」歌詠み交した坂上是則(『後撰集』十八)、越(こし)へ赴任する「うまのはなむけに」兼輔から、

きみが行くこしのしら山しらねどもゆきのまにまにあとはたづねん(『古今集』十八)

の歌を贈られた大江千古(ちふる)、「かうぶり給はりて近江守になりて下る」と聞いて心待ちにしていた兼輔に失礼にも待ち呆(ぼう)けを食わせた藤原治方(『歌仙家集本兼輔集』)、播磨の任地から帰京しながら雑事にかまけて兼輔の許へ挨拶にまかり出ることを怠った平中興(なかき)(『類従本兼輔集』)、その他大勢がある。

大様な兼輔

彼らは兼輔と身分が違うので、無論対等の交際でなく親分子分的な落差を持っていた筈だが、しかし何を措(お)いても顔出しせねばならぬ赴任や帰京の時も平気ですっぽかすところは、世俗的利益を目的に汲々(きゅうきゅう)と御機嫌取りに努めていたらし

くはない。また兼輔の態度も至って大様なもので、治方に対しては、

こぬ人を待つ秋風の寝覚には我さへあやな旅心ちする

と洒落のめし、中興に対しては、

時鳥なきまふ里のしげければ山べに声のせぬも理り

と相手の浮気をからかい、少しもねちねち咎めだてしない。

一つの「小世界」

兼輔の家集をみると、彼は誹諧歌めいた歌を沢山作り、よく諧謔を解する人だったが、その笑は王朝貴公子にありがちな軽薄な才気走った洒落でなく、人の世の表裏に通じた柔軟な人間味からこぼれる自然のユーモアである。そこでこういう兼輔に臣従し、兼輔を通じて定方の知遇をもえた貫之らは、拘束と気苦労の多い貴族社会の中ではまことに例外的な「身分階級を離れた人間性自体の親密さによって結ばれ」、一つの別天地を形成することができたのである。藤岡忠美氏がこれを一つの「小世界」と呼んだのは極めて適切な規定である（「古今から後撰へ」『国語国文研究』八）。『大

和物語』は大部分この時期の貴族生活のゴシップから成る物語だが、中に登場する人物を幾つかの交友圏に整理すると定国・定方・兼輔・仁善子（定方の女、醍醐天皇の女御）のグループは筆頭第一で、これに前に触れた敦慶親王・桂のみこのグループを加えると、『大和物語』の最大の素材源が把握される。このことはこの「小世界」の一群の人物が、時人の眼を引きつける特異な存在だったことを雄弁に語っているのである。

さてこのような雰囲気に於いて貫之は兼輔にどんな風に接したであろうか。

おなじ中将（兼輔）のみもとにいたりて、かれこれ松のもとに下りゐて、酒など飲むついでに

影にとて立ちかくるれば唐衣（からごろも）濡れぬ雨降る松の声かな

庭前の松蔭の酒宴は雅（みや）びやかだが、歌はむしろ貫之が兼輔を庇護者と頼む切実な気持を寓意している。

こういう気持の貫之だから、兼輔が参議になったと聞くと早速に祝いを述べに出かけた。そして兼輔邸の女房たちから閨(ねや)の前に植えた紅梅がはじめて花をつけたといって心安だてに差し出され、

春ごとに咲きまさるべき花なれば今年をもまだあかずとぞ見る　（『後撰集』一）

御主人の前途こそなおこれからだと景気を付けた。このソツの無さには無論兼輔だって悪い気持はする筈がない。

またある時は兼輔の許に「老いぬるよしを歎きて」歌をおくった。

降りそめて友待つ雪はぬば玉のわが黒髪のかはるなりけり

貫之にもあるまじきつまらぬ歌だが、兼輔は、

黒髪の色ふりかはる白雪の待ち出づる友はうとくぞありける

と返しした。「そんなにくよくよしていないで早く気散じにやって来い。」の意であろう。すると貫之は、

黒髪と雪とのなかの憂き見れば友鏡をもつらしとぞ思ふ（『後撰集』八）

といい送った。この時分おそらく兼輔の髪はまだ黒かったので傍へ行って自分の白髪が目立つのが厭だといったのである。貫之は兼輔にほとんど甘えているように見える。

こんなに隔てのない間柄だったから、主の大事となれば貫之はいじらしい程懸命に勤める。ある時定方が兼輔の邸を訪ね、藤の花咲く遣水（庭園の中の流れ）の下で宴を開いた。定方が、

限りなき名に負ふ藤の花なればそこひも知らぬ色の深さか

と主人兼輔の限りない好意を感謝すると、兼輔はすかさず、

色ふかくにほひしことは藤波のたちもかへらで君とまれとか

と、帰ろうとする定方を引き留めた。すると貫之はこれを承けて、

棹させど深さも知らぬふち（藤と淵を掛けている）なれば色をば人も知らじとぞ思ふ

と詠み、主人兼輔の好意の深さを強調した。さて一夜「琴・笛などして遊び、物語などして」ついに泊った定方が翌朝、

きのふ見し花のかほとて今朝見れば寝てこそさらに色まさりけれ

と、一夜経ていよいよ浅からぬ兼輔の志を喜び、兼輔が答えて、

一夜のみ寝てしかへらば藤の花こゝろ解けたる色見せんやは

「まだまだ一晩では本当の親しさは湧きませんよ。」と名残を惜んだのに、貫之は付け加えて、

あさぼらけしたゆく水は浅けれど深くぞ花のいろは見えける

「いやもう十分に貴方の歓待の気持は客に通じたでしょう。」と褒めそやした。この贈答は『後撰集』にも『兼輔集』にもまた『三条右大臣集』にも載っているが、ただ『後撰集』以外には貫之の歌が見えない。『三条右大臣集』はその詞書の書ざまからして定方の側近の誰かによって編まれたらしく私家集としては信用の置

けるものだが（佐藤高明「桂宮本三条右大臣集成立年代考」『国語と国文学』三五ノ八）、それらに貫之の分だけ省かれているのは、あるいは貫之が二人の贈答を後で示されてそれに自作を附加したものかも知れない。何にせよ一段身分の高い定方を自邸に迎えて大いに気を遣った主人を、貫之は一心に慰めていることが知られるのである。

貫之の死後数年経たぬうちに撰ばれた『後撰集』は、ここに引用した貫之らの歌のような私的な贈答を沢山収めている。その反面晴れの用命によって専門歌人らが技巧を凝らして詠進した屛風歌を一首も採っていない。『後撰集』選歌の力点がこんなにはっきりと私生活の歌に置かれたのは決して偶然ではない。時平・定国の死後、「つねに笑みてぞおはせし」寛仁の醍醐天皇と温雅な太政大臣忠平の下で、よい意味でも悪い意味でも政治的緊張の全く無い太平の世が続き、公的生活の外に展開する貴族の私生活が前代に比べて一段と華やかになって行った時勢を反映するのである。したがってこの太平の世の寵児となった貫之は公私の生活にいたく満足し、藤岡氏(前掲論文)の言葉を借りれば『古今集』当時の「晴れがましい自覚的な緊張感」は「日常生活の場に拡散されて」、かの気負った技巧がだんだん平淡な抒情に変化した。こうして貫之の二十余年の中年の歳月が流れる。

三　貫之の老年

1　『土佐日記』

土佐への赴任

延長八年（九三〇）貫之は土佐守に任ぜられ、彼の生涯にはじめての五ヵ年にわたる地方生活を体験することになった。彼はすでに六十歳前後だったので、なぜ老軀をひっさげて慣れぬ受領になったかは多少疑問としてもいい。富士谷御杖は「大国上国にも任ぜらるべき」貫之が、中国であり遠流の地に当てられている辺境土佐の国守に任ぜられたのは「深き歎息」だったろうと推測し、『土佐日記』で彼はこの憂悶を洩らそうとしたが、憚るところがあって故意に女の所為にかこつけたのだろうといった（『土佐日記燈』）。大変穿った説ではあるが、しかし貫之が延長末

土佐国衙の旧跡（山本　大氏提供）

年特に左遷される理由は全く見当らない。強いて臆測すれば貫之は京官だけに留まっていては老後の生活設計が不十分なので、収入の多い受領を希望したものでもあろうか。彼も無論大国・上国を望んだろうが、藤原氏でもない貫之に大国・上国が欲しいままに割りふられなかったことはむしろ当然である。

南海の状勢

しかし貫之の任期中に南海の物情が頓に騒然として来たのは彼としても思い設けぬことだったろう。承平四年(九三四)・五年・六年と連年朝廷は奉幣使を山陽・南海道など諸神に遣わして海賊の平定を祈らせているが(『日本紀略』)、貫之はその最中の承平四年暮に後任の国司島田公鑒との引継ぎを終って(『外記補任』)、任地を発して帰京の途についたのだから、在任中海賊の防止にはさぞかし心を悩ましたことであろう。

貫之の考課

海賊は律令国家の収奪に対する地方民の抵抗の一面を持つから、国司が仁政を施すことによってある程度は慰撫できる。現に承平六年には伊予(愛媛県)守紀淑人の寛仁なのを聞いて海賊二千五百余人が帰降し、淑人は「衣食田畠を給し、種子を行り」農業につかせたのもその一例だが、貫之の国司としての行状は一つも見るべき史料がない。ただ『土佐日記』の中で、普通なら解任された国司の出発を見送りに来る者など無いものなのに、「心あるもの」が世間態を憚らずやって来たのは「守がらにやあらん」——国司の人柄であろうと自讃めいた記述をしているのは、彼が善政を行った間接の史料となるだろうか。しかしその反面帰京の道すがら室戸崎を廻って阿波(徳島県)の海岸を北上する航路で彼が異常なほど海賊に脅え、そのため白髪になったとか、必死に神仏に祈ったとか、「夜なかばより、船を出だして漕ぎ」渡ったなどと記しているのは、貫之が海賊の復讐を怖れねばならぬ弱味を持っていたためか、または単なる旅行者としての不安か分らないけれども、少なくとも紀淑人が施したような善政を行わなかった消極的な証拠にはなる。土佐守紀貫之の考課はしたがって精々大過なしといったところであろう。

地方政治の荒廃

しかし一貫之の施策を以てするくらいでは如何ともしがたい地方政治の根本的

荒廃が、延喜末年からすでに目立っていたのも事実である。水害・旱害・疫癘などのために諸国の収穫が減じ、「不堪佃田」（耕作不可能となった田）を奏したために朝廷が内宴や重陽の節会を廃するのがほとんど毎年の例となる（『日本紀略』）。治安も乱れて群盗が京の巷に満ちるような現象も出て来た。これらはみな寛平・延喜の久しい太平の陰で、直接農民を掌握した在地の豪族の勢力が伸張して、律令国家の基盤を動揺させつつあったことの表層の現象に過ぎない。やがて天慶二年（九三九）に起る平将門と藤原純友の叛乱が、この潜在的因子を一挙に表面化して都の耳目を聳動するのである。

微温的な対策

純友は藤原基経の実父長良の曽孫である。前伊予掾を称したところからすると、国司の任期果ててのち土着したものと思われるが、早くから伊予の日振島を根拠地として瀬戸内海を荒し廻っていた。先に承平六年紀淑人に帰降した二千余人もその同類と見られるが、純友はこの時降伏した形跡なく、かえって朝廷から海賊追討の宣旨を賜わっているから、貫之の土佐在任頃は正面から国家に敵対する存在とは目されず、朝廷はむしろこれを懐柔する方針だったようである。朝廷の方針がこのように微温的だったとすれば、出先の国司が徹底した取締対策など執る筈もなく、貫之の「大過ない」態度もそこから大体推測がつくのである。

承平天慶の乱

その純友が船千五百艘を率いて海上に出、召喚（しょうかん）の官符を無視し、叛状が漸く歴然となった天慶二年、備前介（すけ）藤原子高（さねたか）は純友の行動を報告するために上京したが、途中純友

日　振　島（藤原純友の根拠地といわれる）

の部下の追跡に会って摂津国(大阪府)で捕えられて長子は殺され、播磨介島田惟幹も賊手に落ちた。これは少し前の貫之の海上の恐怖が無理からぬことだったことを示している。この律令国家に対する最初の公然たる反抗すなわちいわゆる承平天慶の乱は、平安時代史を前後二期に分つ分水嶺で、時代は一路中世への道を歩むことになるが、貫之の生涯もまたこの時代の大変化と並行して、老残孤独の時期に転ずるのである。

相継ぐ悲報

都で彼を迎えたのは多くの「死」であった。延長八年六月、彼が京を去る直前に「清涼殿坤(うしとら)第一柱上」に落雷があって、大納言藤原清貫らが「衣焼け胸裂け」て死ぬ大変事が起ったが、このショックで醍醐天皇は間もなく「咳病(がいびょう)」を発し、九月二十二日皇太子寛明親王に位を譲り、左大臣藤原忠平を摂政とし、二十九日未(ひつじ)一刻に崩じた(『日本紀略』)。翌承平元年七月十九日には六十五歳の宇多法皇が仁和寺御室(おむろ)に崩じた。

定方は醍醐天皇譲位の時、

変りなん世にはいかでかながらへむ思ひやれどもゆかぬこころを

と詠んで兼輔に贈り、また崩御の時には、

はかなくて世に古るよりはやましなの宮の草木とならましものを

と詠み、兼輔もこれに答えて、

やましなの宮の草木と君ならばわれもしづくに濡るばかりなり（『三条右大臣集』）

と詠んだ。醍醐天皇の崩御が彼らにとってどんなに大きな打撃だったかが知られる。彼らは諒闇（りょうあん）の正月にもまた三月晦日（つごもり）にも、

醍醐寺五重塔

くり返しくり返し歌詠み交して悲しみを新たにした。

兼輔は諒闇の間にさらに母を失った。それは兼輔の女で醍醐天皇の更衣(こうい)となった桑子(そうし)が、

一つだに着るはわびしき藤衣(ふじごろも)(服喪)重(かさ)ぬる秋を思ひやらなん

と詠んで土佐に送っていることによって明らかである(伝行成筆『貫之集』。口絵参照)。

定方・兼輔の死

兼輔が二重の喪に服している間に定方が六十歳で薨じた。翌承平二年八月のことである。醍醐天皇を失って落胆の余り消えて行ったといってもよい。そして相継ぐ打撃はついに三年二月兼輔をも死に誘った。享年は五十七歳である。

兼輔邸の感懐

六十歳を越えた貫之は、これらの矢つぎ早やの悲報を土佐で受けとった。中でも主君兼輔の死は彼の前途を絶望的にした。承平五年二月帰京した彼は兼輔の旧邸を訪ね、かつてその下で酒酌み交した懐しい松のほとりに佇(たたず)んだ。

ある上達部(かんだちめ)の失せ給へるのち、久しくかの殿に参らで参れるに、琴ども

淋しくあはれに鳴りわたるに、前栽(せんざい)の草木ばかりぞ変らずおもしろかりける。秋のもなかなり。風寒く吹きて、竹・松などのおもしろければ詠みて上(うへ)（未亡人）に奉り入るる

松もみな竹も別れをおもへばや涙の時雨(しぐれ)降る

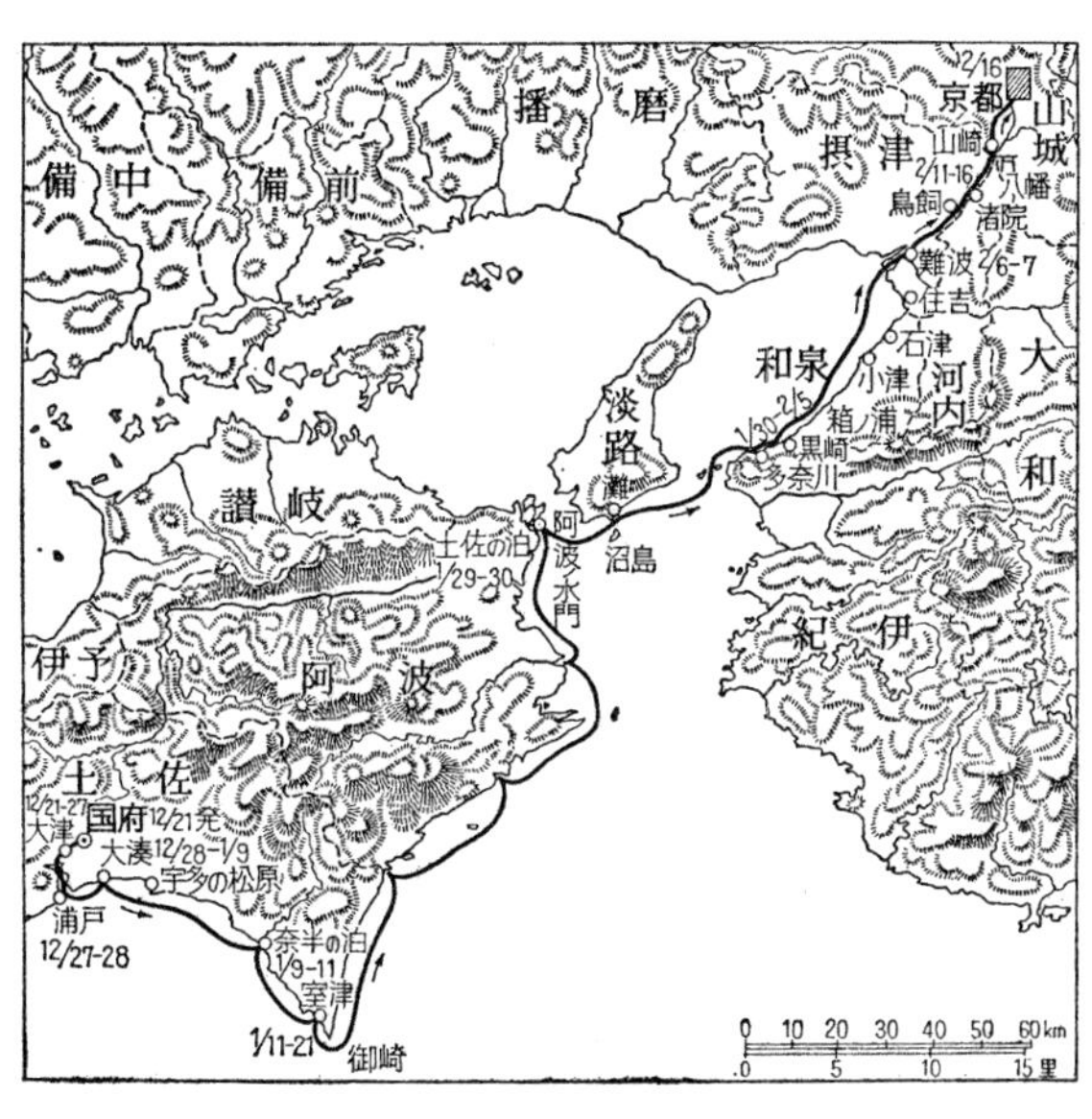

『土佐日記』行程地図

心ちする　（『貫之集』）

寒風は松も竹も、また貫之の胸中をもはげしく吹き通った。未亡人も今さらに涙を新たにしたことであろう。

兼輔の遺族

主のいなくなった兼輔邸へ、貫之はその後も絶えず出入した。兼輔には沢山の子どもがあったが、長男の雅正（まさただ）と貫之は特に親しかった。貫之が「世の中歎きて歩きもせずしてある」ので、若い雅正の方が慰め役に廻り、

君来ずて年は暮れにきたちかへり春さへ今日になりにけるかな　（『貫之集』）

などと誘いかけた。しかし貫之は、

八重葎（やえむぐら）心のうちに深ければ花見にゆかんいでたちもせず　（同）

と答えて引き籠りがちに暮した。もっともこの「世の中歎きて」というのは必ずしも兼輔への服喪でなく、土佐から帰って四－五年もの間貫之が官職にありつけなかった歎きを意味するのだが、そういう悩みを卒直に雅正に打ち明けているの

は、兼輔と貫之の主従的結びつきがその遺族との間にも続けられている証拠である。この親密な間柄は貫之の死ぬまで続く。

月頃煩ふことありて罷りありきもせで、まで来ぬ由いひて文の奥に　　貫之

花も散り郭公(ほととぎす)さへいぬるまできみにも行かずなりにけるかな

かへし　　藤原雅正

花鳥の色をも音(ね)をもいたづらにもの憂かる身はすぐすのみなり　（『後撰集』四）

という贈答は、『貫之集』では雑歌の部の末尾、死病の時の詠の直前に記されている。『貫之集』は一往年代順に編まれているから、この「月頃煩ふこと」というのは貫之の死病だったらしい。貫之は後述のように官職の伝手(つて)を求めて摂関家に近づいたが、さりとて故主兼輔の遺族に不義理をしたわけではない。

『土佐日記』

さて貫之が『土佐日記』を纏(まと)めたのは、この「世の中歎きて歩きもせずしてあ

る」徒然(つれづれ)の間だったに違いない。『土佐日記』は壮時の『古今集』に匹敵する貫之の最大の業績だから、『古今集』とともに沢山の研究が行われたが、それらは専ら貫之がなぜこの日記を「男もすなる日記といふものを、女もしてみんとてするなり。」と書き出して女性に仮託したのかという論点の解明に集中している。

女性仮託の理由

石川徹氏の「土佐日記における虚構の意義」(『国文学の新研究』)という論文には古来の説がズラリと列挙されているが、特に多いのは貫之が何か自分を表面に出すことを憚らねばならぬ外的理由を持っていたと考える説である。その外的理由がまた千差万別で、内容が口さがな過ぎるというもの(田中大秀説)、土佐左遷の憤りからだというもの(富士谷御杖説)、愛児を旅先で失った悲しみを綿々(めんめん)と吐露するのは男らしくないからというもの(上田秋成説)、仮名文字の使用が公人の習慣に反するからというもの(萩谷朴氏等説)など、それぞれ一往はもっともらしいのだが、しかし諸説のように文学意識以外の外的な要因に拘泥し過ぎるのは賛成しがたい。もし憚る所があってひた隠しにおのれの作品であることを隠さねばならなかったとすれば、貫之が文中所々で平気で男であることを暴露するような記述をしていることは、何とも説明に苦しむのである。そんな風に馬脚を露(あら)わすほど彼は間抜けでなかった筈だと私は思う。

事実は女が書いたと初めに断わりながら、男でなければいえない卑猥(ひわい)なジョークをちょいちょい洩らしたりする所にこそ、その矛盾(むじゅん)によって読者を笑わせようという作者の手のこんだ趣向があったのであろう。その点で重友毅氏が「女だ〳〵といいながら、ちっとも女らしくない、このわかりきったトリックを平気で押し通しているところに、土佐日記の第一のこっけいがある。」といったのは、大変我意を得た説である（「土佐日記について」『国語と国文学』二五ノ六）。『土佐日記』は重友氏のいうように何よりも「こっけい」文学としての趣向を見るべき作品である。至るところ諧謔(かいぎゃく)に満ちているのは読者も先刻御承知であろう。たとえば、

ありとある上下(かみしも)、童(わらわ)まで酔(え)ひしれて、一文字(ひともじ)をだに知らぬものしが、足は十(と)

文字に踏みてぞあそぶ。

とか、

黒崎の松原を経てゆく。ところの名は黒く、松の色は青く、磯の波は雪のごとくに、貝の色は蘇芳に、五色に今一色ぞ足らぬ。

などといった軽快なユーモアはまだ穏かだが、元日に祝儀物として食べる芋茎・荒布・歯固めの品々が一つも無い船中で、人々がただ押鮎のみをしゃぶっている状景を見て、

この吸ふ人々の口を、押鮎もしおもふやうあらんや。「今日は都のみぞおもひやらるる。小家の門の注連縄の鯔の頭・柊らいかに」ぞといひあへなる。

と書いたのは、囓りついた人間との接吻を余儀なくされた押鮎が、とたんに都にいる大好きな恋人の「鯔の頭」さんや「柊」さんを思い出したろうとふざけたの

である。また室津（むろのつ）の停泊中に女たちが海に入って水浴している状景を見て、

何の葦蔭にことづけて、老海鼠（ほや）のつま（妻）の貽（い）ずし・すし鮑（あわび）をぞ、心にもあらぬ脛に、上げて見せける。

と書いたのは、老海鼠は男根、貽ずし・すし鮑は女陰の意味だから、一段と品の悪い、とても女では口にできない冗（じょう）談（だん）である。これらの悪ふざけは貫之が従五位下前土佐守の身分をかなぐり捨てて、思い切ってのびのびと自由に物を書いてみたい文学的欲求を抑えなか

津　呂　港（室津）　（山本　大氏提供）

ったからであろう、誰に憚る必要もあったわけではなく、ごく気の合った友達にでも読ませようとしたもので、『古今集』や屏風歌の公的性格とは全く別の気楽な著作だったと思われる。

重友氏によれば、貫之がそんな内的要求を起したのは「道中の退屈さに堪えかねてのしわざ」であって、当時の貴族ほどアンニュイ（無聊）を持て余していた人種は無かったと氏は見ている。これも確かに半面の真理だが、私は彼が『土佐日記』を仕上げた時期がいわゆる「世の中歎きて歩きもせずして」あった失意と孤独のどん底だったことを忘れるわけに行かない。それは彼の輝かしい半生では想像もつかなかった逆境だから、当時の貴族がひとしなみに持っていたアンニュイよりも、もう少し深刻な苦痛に彼は堪えていたとしなければならない。そういう中で彼が、一つ女に仮託して物を書いてみようかなどという悪戯心（いたずらごころ）を起したのは、機智に秀でた貫之らしい天晴（あっぱれ）な脱出法だったといえる。

文学的試錬

文学における「笑」はしばしば涙と憤りを底に蔵しつつ発せられるものである。貫之は和歌のテクニックとして当意即妙(とういそくみょう)の機智を身上としていたが、ただこれまでは太平の世に余りにもぬくぬくと生きて来たから、その中でごく上滑りに持ち前の才気を浪費したに過ぎず、いわば人生に傷つかない、したがって人生そのものの奥底を凝視(ぎょうし)しない、無限定に明るい「笑」しか知らなかった。ところが今運命の激変によって暗い現実に直面した彼が、そのお得意の「笑」によってこの現実を脱出し克服しようとなると、そこに醸(かも)し出される笑は今までよりも一段と複雑で高次な笑となりうるとともに、またこれを成功させるのは一段と困難な業でもあった。つまり彼は図らずも大きな文学的試錬に直面したのである。

底流の涙

残念ながら貫之は、『土佐日記』を笑の文学として見事に統一することができなかったようである。日記は後半になればなるほど、笑よりも底流に存する涙と憤りを生(なま)のまま露呈する結果となった。涙は主として彼が土佐で亡くした愛児に

対して注がれている。それは六ヵ所に出て来、しかも終りになるほど切実な記述となるが、就中、

この泊りの浜には、くさぐさの美はしき貝石などおほかり。かかれば、ただ昔の人(亡くなった児)をのみ恋ひつつ、舟なる人のよめる、

よする波うちもよせなんわが恋ふる人忘れ貝下りて拾はん

といへれば、ある人のたへずして、舟の心やりによめる、

忘れ貝拾ひしもせじ白珠の恋ふるをだにもかたみとおもはん

となんいへる。女子のためには、親幼くなりぬべし。「珠ならずもありけんを」と人いはんや。されども「死し子顔よかりき」といふやうもあり。

という一節は人の心を打つ名文で、秋成や景樹など多くの人が亡児への悲しみを日記の最大のモチーフと見たのも当然と思われる。

涙とともに見逃しえないのは、心なき人々に対する烈しい憤りである。たとえ

ば別れを惜む人々を遮二無二乗船に追い立てた楫とり（船頭）に対して恨みを含んだ貫之は、その楫とりが荒れ模様の天気だと判断して船を出さなかったのに波風も立たぬ日和になると、「この楫とりは、日もえ計らぬかたゐなりけり。」――この船頭は天候も観測できない駄目男だと口汚なく痛罵する。また見送りに来て、「ゆくさきに立つ白波の声よりもおくれて泣かんわれやまさらん」と歌を詠んだある男に対しては、海が荒れて白浪が立ったり海賊（白浪）に襲われたりしそうな不吉な言葉を吐いた無神経によくよく腹を立てたと見えて、お前さんの泣く声は「いと大声なるべし」と痛烈に皮肉る。もっともこの辺はどこまで本気か分らないが、いよいよ都へ着いて留守宅を見、それが「聞きしよりもまして、いふかひなくぞこぼれ破れたる」を知った時には、家も「預けたりつる人の心も、荒れたるなりけり」と思い、「中垣こそあれ、一つ家のやうなれば、望みてあづかれるなり」、「さるは、便り毎にものも絶えず得させたり」――お前さんは自分から進んで管理を引き受けたんじゃないか、私も便り毎に金品を送った筈だなどと「声高」に怒鳴りつけ、それでも形ばかりの謝礼はせねばならぬのが忌々しいなどと愚痴ったりしている。この最後の辺りでは貫之は全く笑どころでなく、心の余裕を失って一途に取り乱した自分の生の姿を暴露し切ってしまったのである。貫之が五ヵ年の土佐在任の間に庇護者をすべて失って落目になった身の上を、この隣人の冷たい仕打ちによってまざまざと見せつけられたとすれば、彼の憤りも同情に値する。小宮豊隆氏などは亡児に対する追懐よりもこの「人間の心の頼み難なさや、人間の世の浅ましさ」に対する憤りを『土佐日記』の「内容の中枢」と考えているほどである（「土佐日記の研究」『日本文学講座』五）。

もしこの悲しみ・憤りをそれだけ切り離して見るならば、貫之の感情は偉大な文学者の当然持つべき、しかも彼の和歌においてはおそらくあの宮廷儀礼や貴族的体面の制約によって引き緊められていた大きな振幅を蔵していたことを改めて実感させられる。彼がこの悲しみを徹底させて行けば当然人生無常の観念に突き当ったろうし、またこの憤りを契機として貴族社会の醜悪なエゴイズムや頽廃に挑戦することもできたであろう。しかしおそらくそのためには悲しみ憤る自分を傍らから冷然と眺めて、そのぶざまさを笑うことのできる別個の自分が必要であった。それを設定しえなかったのが『土佐日記』の惜しい限界ではなかったか。

小宮氏がかつてリップスらを引き合いに出して語ったように、「笑」は自己に対して無反省にいい気持で笑う低次のフモール（ユーモア）から、対象に対して痛切な批判を蔵する戦闘的な笑（ザテイレ）、また笑うべき対象を超越して再び高次の立場で対象と和解する笑（イロニー）へと発展するものとするならば（『悲劇と喜劇』）、『古今集』時代のまだまだ低次のフモールから、今老いて人生に傷ついた体験を逆用して、彼の笑をより高次なものに飛躍させるチャンスに貫之は恵まれたのだった。けれども貫之は日記を女性に仮託したり、得意の洒落を飛ばしたりして軽妙な滑り出しを見せながら、主題に深入りするにつれてその深刻さに振り廻され、主観的な悲嘆や敵意の虜になってしまった。貴族社会の生態を痛烈に戯画化して時人を苦い笑に誘うとか、または人生の傷痕を越えて静謐な諦念に達することによってあの菩薩的な微笑を生むといった境地は、ついに貫之の及びがたいものだったようである。

　前者はともかく後者の笑はやがて貴族社会に絶望した中世の隠者たちによって育てられ、芭蕉などに至って完成に達するのだが、貫之の時代はまだ少しばかり早すぎたわけであろう。だから以上の限界指摘はいわば望蜀の言で、ともかくも『土佐日記』は単に散文の領域を開拓した功績だけでなく、平安中期以降のいわゆる人生観照文学の出発点だったといえるのである。それは失敗作でなく、一つの文学的実験であった。あたかも承平・天慶の乱が中世的なものを早産的に孕んでいるように、同じ意味で『土佐日記』にも一つの過渡的・先駆的なものを読みとっていいと思われる。

信仰との無縁

貫之の折角の志向がついに渾然たる成果を生まずに挫折した理由の一つとして、彼がこの直後から加速度的に人心を支配する仏教の信仰と徹底的に無縁だったことも挙げられる。貫之は人並に比叡山・石山寺・竹生島・長谷寺などに参詣しているけれども、およそ彼くらい神秘的なものに冷淡だった人間は珍らしい。『土佐日記』の中に、逆風に散々痛めつけられて難破しかかった時、住吉明神は御承知の袖の下を好む神だから明神に幣を奉るがいいと楫取がいうので、貫之は不平たらたら「眼もこそ二つあれ、ただ一つある鏡を奉る。」と憎まれ口を叩きながら所持の鏡を海に投げこむと、たちどころに鏡のように海は凪いだ。それでも彼は霊験あらたかだと喜ぶどころか、この神様は「住の江・忘れ草・岸の姫松」などのやさしく上品な歌言葉に関係ある神様とは大違いだ、正体は分ったと忌々しげに書いている。

また『貫之集』には、彼が紀の国に下っての帰り道俄かに馬が病んで死にそうになり、道行く人々がこれはこの土地の「蟻通(ありとおし)の神」の祟(たた)りだというので、貫之は御幣(みてぐら)もない道中のこととてただ手だけ洗って膝まづき、

かき曇りあやめも知らぬ大空に蟻通をば思ふべしやは

と詠んで奉ったら馬が回復したという話がある。この話を素材にした謡曲の「蟻通」で世阿弥はこれを恭々しく宗教的に脚色しているが、貫之の歌はむしろその反対なのである。つまり彼は「蟻通」と「有りと星」を引掛けて、この真暗な大

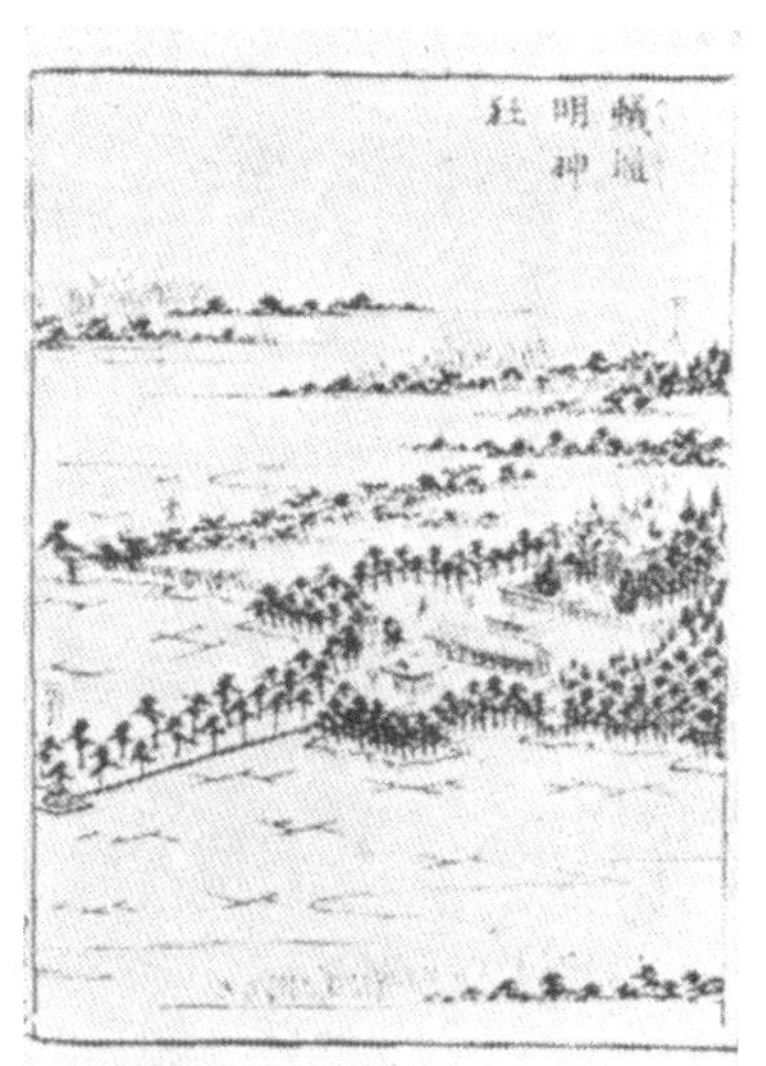

蟻通明神社（『和泉名所図絵』）

空に星があると思えるものかといったわけで、無論その意味はこんなインチキな神様なんか本当にいるもんかという皮肉であった。こういう風に迷信家の王朝貴族としては型破りの合理主義者だった貫之が、密教的信仰に一顧も与えなかったのは当然である。そして彼の歌風の理智的特質はこの性格のしからしめたもので、それは無論得がたい長所だったが、反面信仰によって人生に深く透徹し、『土佐日記』を悲しみ・憤りの彼岸(ひがん)で自他を包摂する高度の笑の文学たらしめることをも不可能にしたものであろう。

型破りの合理主義者

ちなみに貫之自筆の『土佐日記』の原本は、彼自身によってか後人によってか宮廷に献ぜられたと見え、平安時代末期には後白河法皇の御願(ごがん)で造立された京の蓮華王(れんげおう)院の宝蔵に多くの皇室の貴重書や什物(じゅうもつ)と一緒に納められた。院の崩御と同時に宝物は急速に散逸しはじめ、やがて宝蔵そのものも戦火によって焼失したが、『土佐日記』は幸いに室町中期まで伝存したようである。やがてある人によって

『土佐日記』の伝来

足利将軍義政に進上され、義政の子義尚へ、さらに義尚の後室へと渡ったが、明応元年（一四九二）古典学者として有名な三条西実隆の書写したのを最後に行方不明となる。しかしその間鎌倉時代のはじめ頃藤原定家やその子為家がこれを書写し、特に後者は仮名の字形や和歌の書ざままで忠実に厳密に模した。昭和に入って池田亀鑑がこの為家本をさらに厳格に書写した「青渓書屋本」を基礎として貫之自筆

原本の再建

原本の再建に成功した（『古典の批判的処置に関する研究』）。池田亀鑑はこの仕事について「一千年以上の歳月を超えて、已に佚亡した作者自筆の本に復原するといふ殆ど世界的な奇蹟の実現」と自讃したが、貫之が不幸のどん底で作った『土佐日記』は書物自体の運命から見ると、逆に稀有な幸せに恵まれた著作となった。

2 晩　年

摂関家への接近

私は『土佐日記』において隠者の文学への可能性を見るとともにまたその挫折

朱雀天皇

をもいったが、このことはすでに貫之帰京後の実生活が隠者的賢哲を志向せずに、再び官界・社交界での地歩を得ようとして新しい権力者に接近して行った態度を予測させるものである。果して貫之は延喜親政の一花形だった自身に殉じて世を謝することをせず、若年の朱雀天皇を擁して昔日の権勢を見事に取り戻した藤原摂関家のために彼の才能と名声を以て奉仕しようとした。それは前にもいったように（一二〇ページ参照）承平・天慶年間の屏風歌の用命者と献上先が忠平・実頼・師輔を中心とする藤氏一門に集中するところにまず鮮明に現われている。

醍醐天皇の皇太子保明親王は天皇に先立って延長元年二十一歳で薨じ、遺子慶頼王が皇太子となり定方が春宮傅（とうぐうふ）となったが、これまた延長三年五歳にして薨じ、年わずかに三歳の寛明親王（醍醐天皇の皇子）が皇太子となり藤原忠平が傅育（ふいく）に当った。その寛明親王が八歳にして即位したのだから、摂政忠平に権力が帰したのは史上しばしば起った藤原氏の策謀の結果と違って、極めて自然の勢いであった。だから貫之がこの大勢に順応して摂関家のために歌の御用を勤めたのは当然といえば当然である。しかし貫之は時の専門歌人の第一人者として求められれば辞退しなかったばかりでなく、むしろかなり積極的に忠平一門の愛顧を得ようとした。それは責むべきことではないにせよ、いささか憫然たらざるをえない行状に見えるから、詩人の晩節のためにその事情はできるだけ立ち入って究明しておく必要があるだろう。

摂政忠平の日記『貞信公記』に、天慶三年（九四〇）五月紀貫之が源公忠とともに「旧の如く」朱雀院別当に補せられたという記事が見える。「旧の如く」というのは、おそらく貫之はその以前もしばらく院別当を勤めていて、天慶三年正月に久方ぶりに官職にありついて玄蕃頭に任ぜられたので一度別当を解かれ、五月再任されたものと解釈される。すると土佐からの帰京後久しく散位だった彼がまず得た仕事は朱雀院別当だったことになる。朱雀院は大内裏の正面に聳え立つ朱雀門のすぐ外に、東西二町・南北四町の地を占めて造られた広大な離宮で、仁明天皇の頃創建されたらしく、宇多上皇は譲位の後しばらくここを居所とした。しかし法皇が仁和寺に移ってから後、延喜・延長の間朱雀院は専ら詩宴・相撲・競馬などの催し物の場所となっていた。その院の別当はかつての宮中の御書所預の仕事と同様に、いかにも文人貫之に似合いの役どころだったと思われるが、しかしその収入はおそらく彼の老後を支えるに十分なものでは無かったであろう。ましてそれまでに徒食の数年があったとすれば、土佐守として巨富を積んだとも思われない貫之は、承平末から天慶初年にかけて、物質的な面だけでも都に安住することができなかったのではないかと推察される。

周防国下向

天慶の初年に貫之は周防国(山口県)へ下った形跡がある。それは「天慶二年二月二十八日紀貫之家歌合」というものが断片的に世に伝わっていて、しかも陽明文庫蔵『和歌合抄目録』にその歌合が周防国で行われたと註記されていることによって知られる。もっともこの註記だけでは少し根拠が薄弱だが、萩谷朴氏は歌合の行われる前の二年ばかりの間貫之が都で詠んだ作品が一首も見えないこと、また天慶二年の屛風歌に貫之としては珍らしく旅を題材とした歌が多いことなどからこれを事実と推定している（『平安朝歌合大成』一）。事実とすれば天慶三年にかの純友の一党によって周防国にあった鋳銭司が焼討される程危険な状勢の中へわざわざ下った貫之は、余程都が住みにくかったかまたは退っ引ならない用件があったとしなければならない。萩谷氏は「おそらく貫之の親族縁者若しくは恩顧知遇の筋の何人かが、周防の国衙に赴任したのについて行つたか、或は貫之自身若しくは近辺の何人かが、周防の国に荘園領地を有してゐて、何等か臨地解決すべき紛議でもあつてわざわざ下向したか等の理由があつて、短期在国したものであらう。」と考えた（萩谷前掲）。大体はそんなところだろうが、それならばこの下向は、数年前の国司としての土佐下向と同日に語ることはできない。その旅姿はいとどさびしい老残の影を曳いているのである。こういう都落ちまでした末に、辛うじて朱雀院別当にありついたものとすれば、その摂関家への接近・愁訴はまことに背に腹替えられなかったことで、変節や老醜を以て責める筋合ではない。ただ彼がそうした切実な境遇と心情を詠歌の上にもっとあけすけに吐露して延喜・延長期の自己の限界を突破したならと残念に思われるだけである。

ところで摂関家に接近した貫之は、特にその内の誰の庇護を求めたのであろうか。彼は土佐から帰った直後に忠平の白河殿へ随行して歌を作り、また忠平とその女尚侍(しょうじ)貴子との同居する邸の障子に歌を題したりしているが(『貫之集』)、それくらいでは忠平と直接の私交があったとする理由にはならない。摂政忠平は五位の貫之にとっては、遙かに仰ぎみるほか仕方のない段違いの存在であった。これに比べると年の若い二子実頼(さねより)・師輔(もろすけ)は兼輔を失った貫之にとって希望の星に当る存在であった。貫之は実頼にも「つかさめしのころ申文に添へて」愁訴したりしているけれども、その関係はさして深かった様子がない。実頼は「歌をいみじく詠」んで詩人肌の人柄だったが、一面「奥深く煩しき御心」すなわち気むづかし屋で、近付きにくいところがあった。これに反して弟の師輔は「おいらかに知る知らぬ分かず心広くなどして」、数ヵ月無沙汰した人間でも疎(うと)んじたりしない大度量の持主で、忠平側近の人々の「多くはこの九条殿へぞ集」ったといわれるので(『栄花物語』月の宴)、貫之もおそらく大勢に順応して実頼よりも師輔の方に親近感を抱いたようである。

貫之はしげしげと師輔の私邸に詣でて、忠平へのとりなしを依頼し、

朝日さすかたの山風いまだにも身のうち寒き氷解けなん

枯れ果てぬ埋れ木あるを春はなほ花のゆかりによくなとぞ思ふ　(『貫之集』)

などとやっている。年老いて今さらこんな哀訴の歌を作らねばならなくなった貫之は、昔の友則や躬恒の不遇をつくづくと思い知ったことであろう。しかし失意

の老巨匠に対する師輔の態度はなかなか美しい心遣いに満ちていた。この哀訴を受けた師輔は、

埋れ木の咲かで過ぎにし枝にしも降り積む雪を花とこそ見れ　(同)

と貫之の文学を花と称(たた)えることによって彼の自尊心を満足させたり、またこの本の冒頭に紹介した魚袋(ぎょたい)の逸話のように、身分の差を顧りみず貫之の宅を訪問する破天荒な敬愛も示したりした。

最後の官歴

そしておそらく師輔の推挙によって久しく貫之を覆っていた「寒き氷」も解けはじめ、天慶三年(九四〇)玄蕃頭(げんばのかみ)(外国や僧尼のことを司る玄蕃寮の長官)となり、その六年には延喜十七年以来二十六年ぶりに官位昇進して従五位上を授けられ、さらに天慶八年には木工権頭(もくのごんのかみ)(宮殿の造営・修理を司る木工寮の長官)に任ぜられた。この従五位上木工権頭が貫之の最終官歴となる。

『新撰和歌』の編纂

師輔はこうして貫之の晩年の恩人となったが、かつての貫之と兼輔との朋友的な親しみは七十歳の貫之と少壮の師輔との間に生るべくもなかった。だから貫之

は師輔を徳としながらも、過ぎし日の定方・兼輔のサロンはついに帰らぬ昔の夢として、しばしば老いの寝覚めに浮んだのではあるまいか。貫之は土佐へ赴任する前に兼輔を通じて『新撰和歌』を撰べという醍醐天皇の勅命を奉じ、土佐で退公の余暇に仕事を進めていた。天皇・兼輔とも失った今はそれも空しい夢と化したが、彼は捨てるに忍びず稿を筐底(きょうてい)に蔵していた。現存する『新撰和歌』は三百六十首から成るが、その大部分を『古今集』から抜き、八十余首だけその他の歌を入れ、これらを歌合形式に配列したものである。

終生一貫した歌論

『新撰和歌』は『古今集』以後の作品を広く蒐集した本格的編纂物ではなく、貫之が『古今集』だけを座右に置き、他はほとんど手控えか記憶によって、ごく自由に秀作を選んだものに過ぎない。それだけに貫之個人の好みは『古今集』以上に濃厚に出るわけだが、実際には『古今集』とほとんど目立った相違はない。彼はその序文に「上古之篇」すなわち『万葉集』以前の歌は質朴であり、これに対して「下流之作」すなわち六歌仙時代の歌は技巧に過ぎると批判し、今は「花実相兼」ぬるもののみを抽くと述べているが、これはすでに『古今集』時代に形成された不動の信念なのである。

強烈な自負

二十年・三十年一貫した歌論を堅持した彼は、自作に対してもいよいよ強烈な自負を抱くに至ったらしく、たとえば春秋の部百二十首中に『古今集』以外の歌は二十二首しかないのに、その約半数は彼自身の作品を採っている。貫之の老来いよいよ不敵な文学者的面構えが見えるような気がするが、こういう独善ともいうべき選歌が通用する程、貫之の歌壇的地位は頭抜けていたのである。

文学的遺言

しかし恨むべしこの巨匠を今ひとたびの勅撰集に結びつけてくれる状勢と庇護者は見出しえなかったから、天慶六－七年に至って貫之はついに陽の目を見なかった『新撰和歌』に見切りをつけ、一篇の序文を加えて後世に遺すことを決心した。その心情はまことに落莫たるものであった。

貫之秩罷んで帰るの日、将に以て上献せんとするに、橋山の晩松愁雲の影已に結び、湘浜の秋竹悲風の声忽ち幽なり(醍醐天皇の崩御をさす)。勅を伝ふるの納言(兼輔)も亦已に薨逝す。空しく妙辞を箱中に貯え、独り落涙を襟上に屑ぐ。若し貫之逝去せば、歌も亦散逸せん。恨むらくは、絶艶の草をして、復た鄙野の篇に混ぜしめんことを。故に聊か本源を記して、以て末代に伝ふと爾云ふ(原漢文)。

という文には、わが事終るといった貫之の悲痛な気持がひしひしと感ぜられる。序は貫之の文学的遺言といってもよいだろう。

三統元夏との交

貫之は山巓に聳え立つ一本の老松であった。知己朋友の大半が世を去った今、わずかに彼の孤独を慰めてくれるのは、三統元夏や源公忠らの年下の俊才となった。元夏は式部大輔三統理平の子で、家風を承けて学問に優れ後に文章博士になる秀才だが、官歴から推すと貫之よりも二十歳以上も若い。承平年間のことと思

われるが、元夏は貫之の隣家に住むようになって、

梅の花匂ひの深く見えつるは春のとなりの近きなりけり　（『貫之集』）

という貫之敬慕の挨拶を送った。折しも不遇をかこっていた貫之は、

方のみぞ春はありける住む人は花し咲かねば朝臣やかひなし

「いやいや私はもう老いぼれて花の咲かない身だから付き合っても仕方がありませんよ。」と謙遜したが、内心は大いに嬉しかったと見えて、何かにつけて親しく往来するようになった。

元夏がほかに寝て暁に帰りて門叩くを聞きてよみてやれる

夜離れしていづくから来る時鳥まだ明けぬより声のしつらん　（『貫之集』）

などという歌をみると、貫之がこの年下の友の朝帰りをいい気持でひやかしている様子が微笑ましい。

元夏以上に親しくしたのは源公忠である。公忠は光孝天皇の孫大蔵卿国紀の二

男で、歌人信明の父に当る。延喜の末から終始殿上に勤仕した有能な人で、「滋野井弁」の名が高かった（『三十六人歌仙伝』）。年齢は貫之よりも十八歳くらい下であった。すこぶる多芸の才人である。香道の名手としては、『源氏物語』（梅ケ枝）に「公忠の朝臣の殊に選び仕うまつれりし百歩の方」という香が見える。鷹狩の上手としては、太政官の弁曹司の壁に彼の飼鷹の糞が後々まで付いていたとか、「久世の雉子」と「交野の雉子」の味を食べ別けて人を驚かしたなどと『大鏡』が伝えている。同僚があんな鷹飼専門みたいな男が殿上にいるのは見苦しいと苦情を述べたけれども、醍醐天皇は公事を怠らない限り構うまいと許されたという。天皇にとってはお気に入りの侍臣だったのである。

ある月明の夜公忠が天皇の供をして内裏の中を見廻ると、見知らぬ女房が泣いていたので、仰せを蒙って公忠が女に問い掛けたが応答が無かったので、

思ふらん心のうちは知らねどもなくを見るこそあはれなりけれ

と詠んだ（『大和物語』一二三）。君臣の様子が印象的に眼に映ずる。こういう寵臣だったから、朱雀天皇の幼時公忠は膝の上に抱いて歌を詠んで上げたりなどして、代が変っても引き続いて殿上に侍した。

公忠との親交

公忠の家集は余り信用の置けないものであり、また彼が仁寿殿に出た化物を退治したとか、頓滅して三日目に蘇生して冥途の様子を語ったとかいう『今昔物語』『古事談』などの説話もより以上に信用の限りでないが、臼田甚五郎氏のいうように説話の主人公にされるような一種の人気が彼に付き纏っていたのは事実である（「源公忠と源宗于」『国学院雑誌』五七ノ六）。それにしても、

池水のもなかにいでゝあそぶ魚の数さへみゆる秋の夜の月　（『公忠朝臣集』）

などはこの時代の作に多く見られないほどすっきりした歌で、公忠の人柄がもろもろの逸話に見られるような奇矯な変り者でなかったことを推察させる。

公忠は前に述べたように貫之と一緒に朱雀院別当に補せられ、両人は「日々に

対面して」執務したので、公務によってまず知り合ったものらしい。その親交は日々に深まって、「いかなる日にかありけん対面せざりけるときに」は直ちに、

玉鉾の遠道をこそ人はゆけなどか今のま見ぬはわびしき　（『貫之集』）

と問うほどの仲になった。『貫之集』の末尾に近く、

世の中心細く、つねの心ちもせざりければ、源の公忠の朝臣のもとにこの歌をやりける、このあひだに病重くなりにけり

手にむすぶ水に宿れる月影のあるかなきかの世にこそありけれ

とあるのは、貫之の辞世とも見るべき歌である。七十余年の生涯も今は彼にとって「あるかなきかの世」に過ぎなかった。公忠はこの貫之らしくもない心弱い歌に返しをしようと思ったが、「いそぎもせぬほどに」思いがけなく貫之が亡くなったので、「驚きあはれがりて」返歌を作り、愛宕で誦経したのち河原で焼かせて在天の霊を弔ったということである。この詞書によって私は公忠が貫之にとっ

て最後の心許した友人の一人だったことを知るが、また貫之がそうした数少ない知已も見舞わぬ間に、仮りそめの病で世を去ったことをも知るのである。

3　死とその後

歿年

貫之が身まかったのは天慶八年(九四五)夏秋の頃である。古くは『古今和歌集目録』や『勅撰作者部類』『三十六人歌仙伝』によって天慶九年に卒したとされていたが、昭和の初年に安田家蔵の『和歌体十種』の古写本を発見した山田孝雄(よしお)は、壬生忠岑が天慶八年冬十月に書いたその序文に「先師土州刺史(しし)(土佐守)」とあることに注意して、「先師」とは亡くなった師匠の意味だから貫之は八年十月以前に歿したに違いないと断じた(『日本歌学の源流』)。この説は従うべきものだから、私も貫之の歿年を天慶八年と定めたい。仮りに貞観十四年生れとすれば、行年は七十四歳である。諸書に九年というのは、あるいは「八年九月」の誤脱でもあろうか。

「日野大宮梁簡銘」

歿年はこれで定まったが、貫之が最後に到達した官位についてはなお未解決の問題がある。というのは近世後期の歌学者伴蒿渓（ばんこうけい）の『閑田耕筆（かんでんこうひつ）』に貫之作の「日野（ひの）大宮梁簡銘（りょうかんめい）」という一文が載っていて、それには「従四位下行（ぎょう）木工頭紀朝臣貫之」という自署が記されているからである。『大日本史』貫之伝もこれを採り、萩谷朴氏も「この日野大宮のあるところは木工寮の領地で檜物庄（ひもののしょう）であったから、その所轄の関係から」貫之が梁簡の銘を書いたのもありうるとして彼の遺文（日本古典全書『土佐日記』旧版）の中に加えていたが、残念ながら私はこれを信用することができない。

偽作の疑い

伝記の終りへ来て煩わしい考証をする積りはないが、簡単に私の推理の筋道を読者に聞いていただこう。蒿渓の言によるとこの銘の原本は何時しか失せて、今近江の日野大宮に存するのはその写しに過ぎない。それも大変古びて所々虫が食っている。近年その摂社を再建した時図（はか）らずも発見したものだというのである。いかにももっともらしい紹介だが、蒿渓の掲げた銘の本文を読むと不審な個所がいくつか眼に止まる。

白鳳の年号

第一に文中に「天武天皇白鳳甲申、徳を仰いで更に時(祭場)を篠谷に作って奠儀(てんぎ)竟(つい)に備はれり。」(原漢文)とある所がおかしい。そもそも天武天皇の世に「白鳳」という年号があったことは、『日本書紀』をはじめ奈良時代・平安時代初期の文献には全く見えない。坂本太郎博士の考証(「白鳳朱雀年号考」『史学雑誌』三九ノ五)によって、「村上・円融朝の頃」初めて巷説(こうせつ)として出て来、ずっと下って平安末期の「堀河・鳥羽の頃より稍盛に流布した」ことが明らかになっている。すると銘がもし本物だとすると、これは天武白鳳のもっとも早い使用例となるのだが、そう都合よく考えていいものかどうか。

干支の記載

第二に銘の日付に「天慶八年乙巳八月二日」とあるのが少しおかしい。平安時代の文にはこういう場合に干支(かんし)を記さない。もっとも祭文や願文の類(たぐ)いには記すけれども、その時は「八年歳次(さいじ)乙巳」と書く。単に干支だけを入れるのは中世以降の例である。あるいは干支だけ後人が挿入したと考えられないことも無いが、それならば従四位下の方も後人の改竄（かいざん）かとも疑えるわけである。

ありえない三段跳

　第三に貫之は延喜十七年に従五位下になってから天慶六年従五位上になるまで二十六年を費した。そんなに昇進の遅かった彼が、その後二年以内に正五位下も正五位上も飛びこえて従四位下を授けられることは、逆立ちしても難しいことではないか。私はこういう疑問を総合して、この銘文を偽作と断定した。

誰がなぜ偽作したか

　すると誰が一体偽作を作ったかが問題となるが、蒿渓の紹介文に原本はすでに失せたとか写しもいたく古びて虫が食っているとか書いているのは、偽作と決めてのち読み返すとどうも怪しい。蒿渓は景樹らとともに『古今集』尊重の念いちじるしい人だったから、あるいは崇敬措（お）くあたわざる紀氏を五位のまま世を終らせるに忍びなかったものかも知れない。四位と五位とは段違いで、貫之がもし本当に四位に昇ったとすれば、貫之は生涯のぎりぎりの所で再びあの輝かしかった壮時にも優る幸運に恵まれて、歓喜の絶頂で目出度く世を去ったことになるが、そう巧くは問屋が卸してくれなかった。思うにそれが人生というものだが、それに納得できない後世の何人かが不自然の作為を敢てした心根も理解できないことではないのである。

邸宅

貫之の歿した後には、名声と家と著書と書跡とそして子女が遺った。妻も遺ったろうが、確かでない。貫之の家としてものに見えるのは三ヵ所ある。『拾芥抄』には中御門の北・万里小路の東なる「桜町」の地が「歌仙貫之の家」で、そこには南庭に桜が多くあるので桜町の名が出たといっている。『無明祕抄』にはある人の説として、貫之は年来勘解由小路の北・富小路の東の一角に住んだといっている。それから『雍州府志』には『拾芥抄』の説のほかに京極中御門北という説を記している。三説どれが正しいか、また全部間違いなのか、今は確める術もない。家集に貫之が家を移ったという詞書が二ヵ所に見えるから、三説とも多少の根拠が無いともいえない。いずれにせよ三ヵ所とも平安京の東北の一隅で互いに極く近い所である。

貫之の著書はこれまで触れたもののほかにも幾つかあったようである。しかし『古今枕草』『口耳伝』『無見頂相記』『歌まくら』『風土記』といった類いはみな中世の文献に書名だけ見えるものだから問題にならない。仮りに存在したとしても題名からして仮託の書と思われる。ただ『万葉五巻抄』というものは『柿本人麿勘文』や『袖中抄』に引かれていることによって、その存在したことは間違いないが、『和歌見在書目録』に貫之の著作とも梨壺五人（『後撰集』の撰者）の著作ともいっているから、これも確かに貫之のものと決められない。貫之は『古今集』撰進のためにも『万葉集』を検討した筈だが、平安初期以前の歴史と歌人に対する知識はお粗末なもので、平城天皇についての知識さえも曖昧であった。『万葉五巻抄』も私は否定に傾きたい。

自撰家集

貫之は生前少なくとも二度家集を自撰した。一度は『古今集』編纂の資料としてであり、他は晩年である。伝行成筆『貫之集』の断簡がその一部ではないかと萩谷朴氏は推定され、近頃呉(くれ)文炳氏の所蔵に帰した異本『貫之集』もあるいは晩年の自撰家集の系統に属するのではないかと疑う余地がある。『弘文荘待賈(たいか)古書目』(三十号)によってその輪郭をうかがうと、所収の歌数は九十一首で、巻末に文永十二年(一二七五)「右大弁真観本」を以て書写した旨の奥書があり、筆者は二条為氏と伝えられている。その詞書には流布の『貫之集』に「ある人」とある個所を「藤原のまさたゞといふぬし」と明記するような注目すべき異同が間々見られ、他撰本家集から生じた異本とは考えられないようである。しかし私はまだ原本を見る機会を得ないので、一往の紹介に止めざるをえない。

能書貫之

貫之は書道の名手としても有名だった。『源氏物語』(絵合)に、源氏の後見(うしろみ)する梅壺女御方と源氏のライバル権中納言の女の弘徽殿(こきでん)女御方とが絵合(えあわせ)をした時、梅壺

古今倭歌集巻第八
離別
たいしらす
ありはらのゆきひらのあそむ
たちわかれいなはのやまのみねにおふる
まつとしきかはいまかへりこむ
よみひとしらす

『古今和歌集』　高野切

に集められた『竹取物語』の物語絵は巨勢相覧（こせのおうみ）が絵を描き「手は紀貫之」が書いたとし、これに対する相手方の『宇津保物語』は「絵は常則、手は道風」だったとされているのは、紫式部の当時貫之が小野道風と双璧視されていたことを示すものである。この話は無論架空のことだが、藤原道長の『御堂（みどう）関白記』によれば、三条天皇の皇女禎子（ていし）内親王の

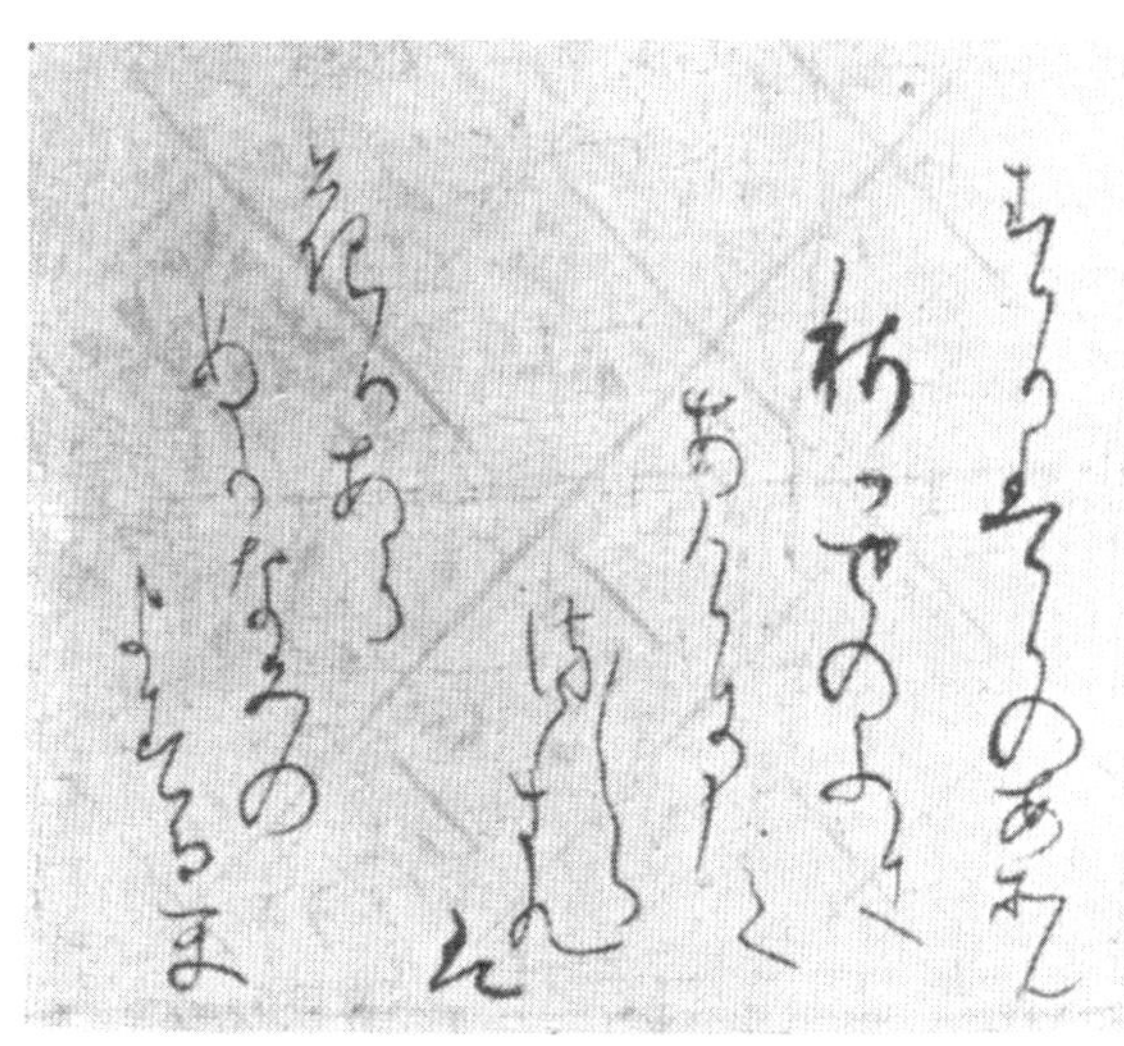

伝紀貫之『寸松庵色紙』

裳着の時皇太后彰子が贈った書物として、貫之自筆の『古今集』、兼明親王筆の『後撰集』及び道風筆の『万葉集』があった。これは貫之の書道史上の地位を示す何よりの証拠である。

すかはらのあそん
　秋かせのふき
　　あけにたてる
　　　しらきくは
花かあら
　ぬかなみの
　　よするか

真蹟は存せず

貫之筆と伝えられる書跡は大変に多い。有名なものを思い付くままに挙げても、『桂宮本万葉集』『高野切』『寸松庵色紙』『堤中納言集』など限りもないが、これらは実は貫之よりも後の時代の筆で、彼の真蹟と確認できるものは残念ながら一つも存していない。貫之の手蹟を知る唯一の手掛りは、藤原定家がかの蓮華王院蔵の『土佐日記』を書写した時（一七〇ページ参照）、貫之の「手跡の躰を知らしめ（中略）、謀詐の輩他の手跡を以て多く其（貫之）の筆と称す」る奇怪事を防ぐために、その末尾二葉を忠実に臨摹したものだけである（口絵参照）。連綿遊糸の体にまで発達していない簡古の書風はまさしく承平・天慶頃の仮名の特徴と思われるが、定家自身の筆癖も混り、また定家は「老病中、眼盲の如」き状態だったから、貫之の筆蹟の優美さを鑑賞するよすがにはならない。もし彼の真蹟がせめて道風らのそれと同じ程度に伝存したなら、明治以後の貫之は歌人としてよりもむしろ能書として高く評価されたに違いないが、惜しいことである。

書の巧拙は遺伝するもので、貫之の子時文も能書であった。『左経記』(源経頼の日記)によれば、侍従所の壁書(執務上の心得を書いた掲示)ははじめ貫之が書き、その後破損したので大膳大夫紀時文が書き改めたということで、時文は書道においては父の名を辱しめなかったのである。しかし彼はその他の器量は凡庸だったらしく、『後撰集』の撰者になったのも親の七光りであった。平兼盛の歌を軽卒に非難して、逆に貫之の歌を証として反駁されて一言もなかったなどという不名誉な逸話もあって、『古今著聞集』(五)は「よく〳〵浅かりけり。」と酷評している。しかしこれは偉すぎる親を持った子の損で、父と同じく五位に昇ったのを見ても格別不肖の子だったわけではない。

貫之女

時文が気の毒にも後世不肖の子視されたのと反対に、貫之女はむしろ才媛として有名となった。『大鏡』によれば、村上天皇の時清涼殿の前の梅の木が枯れたので、ある蔵人の命を受けた侍が京の市中を求め歩いて、西京のとある家の庭

で名木を見付けてこれを掘り取った。すると家の主が、

勅なればいともかしこし鶯の宿はと問はゞいかゞこたへん

というやさしい抗議の歌を枝に結びつけて奉った。帝は不思議に思って歌主を探させたところが、それは貫之女であったという。この逸話は『拾遺集』に見える歌とその詞書を基にして作られたのだが、『拾遺集』には歌の作者名を記していないから、これを貫之女としたのは『大鏡』の創作であろう。

『大鏡』の創作

一体『大鏡』はこの木を掘りとった侍を『大鏡』の架空の語り手の一人である百四十歳翁「夏山重木（なつやまのしげき）」その人とし、重木が自分の失敗談を告白した形をとっている。そしてその重木はまた例の貫之が蟻通（ありとおし）明神に奉る歌を詠んだ旅行にも貫之に随行したことになっている。これは『大鏡』の著者が語り手の長寿を読者に実感させる手段として、世に有名な貫之とその一族を使ったのである。こういう楽屋裏が解って見ると、貫之女の才媛ぶりも少なからず割引せざるをえない。そればかりでなく貫之女が

実在した証拠も確かなものはないという困ったことになるのである。時文の子も『紀氏系図』に数名見えるが、その末裔はもう追求する術がない。

渡忠秋

――幕末維新の風雲の慌しかった頃、香川景樹の門人渡忠秋は近江の故郷に下って、坂本の白毫院僧都の里坊に宿った。彼はそこで松井秋菜という老人から叡山無動寺山内に貫之の古墳があることを聞いた。その時は何気なく聞き流したが、後に木下勝俊(長嘯子)の『挙白集』を読むに及んで、勝俊が叡山に詣でた時貫之の塚がしかじかの場所にあることを耳にしたけれども、定かに分らず訪ねることができなかったことを知った。勝俊によればこれより先三条西実隆もこの塚を訪ねたというのである。

叡山の墳墓

そこで忠秋は明治九年九月再び僧都の許を訪れたが、秋菜老人はすでに亡くなり、墓のありかを知る人もなかった。彼は苦心の末辛うじて一人の案内者を見付け、先に立てて「大和庄といふ所より無動寺への道」をたどると、「松杉など生茂りたる中に凡五－六尺四方ばかり石を畳みし所に高さ二尺許りの石仏一軀」を見出した。これが伝えられる貫之の墳墓だったので、忠秋はそこに「かたばかりの石ぶみ」を建てた（口絵参照）。

私は以上の経緯を宮内庁書陵部に存する忠秋の『紀朝臣墳墓勘文』によって知った。明治三十八年の従二位追贈もこの墓前で行われたのである。現存する石碑は高さ二尺五寸、幅・厚さ各六寸で、表面に「木工頭紀貫之朝臣之墳」の文字、裏面に忠秋の撰文を刻している。

貫之が比叡山に葬られたという明証はない。忠秋の師香川景樹は「洛南千本の東なる中堂寺村」に「紀氏の墓所」と伝える「福大明神」という社があるが、今は昔を知る人もないままに稲荷の社に変ってしまい、もとあった貫之の木像は本国寺の塔頭勧持院に祭られてあるといい（『古今和歌集正義』）、彼はこの木像を模して小像を刻し、勘文を添えて中堂寺村の小祠に納めた。福大明神のことはこれより古く山崎闇斎の『垂加草』にも「紀貫之の霊なり。（中略）社無し、惜しい哉。」（原漢文）と記されていて古い伝説であるけれども、信ずべき証拠はない。

比叡の山風

忠秋は勘文で師の福大明神説を否定した上、貫之には比叡山に詣でた歌のあること、子の時文が近江掾になったゆかりのあること、また愛宕で貫之を荼毘にしたことなどを挙げて叡山の墳墓を支持しているが、愛宕で荼毘にしたというのは公忠が弔歌を詠んで愛宕で誦経したという『貫之集』の詞書（一八四ページ参照）を誤解したものであろう。したがって貫之の葬られた場所は不明とするほかはない。しかし、

比叡にのぼりて帰りまうで来て詠める

山高み見つゝわが来し桜花風は心にまかすべらなり（『古今集』二）

と高らかに詠った貫之が、爽かに吹きわたるその山風の下で千年の眠りについていると想像するのも、一代の歌人にふさわしいことに思われる。

略系図

紀氏系譜を信頼できる史料によって作成すると、次のような断片にしかならない。推定をもってこれらを連絡することはさし控える。また兄弟の順序は大抵不明。

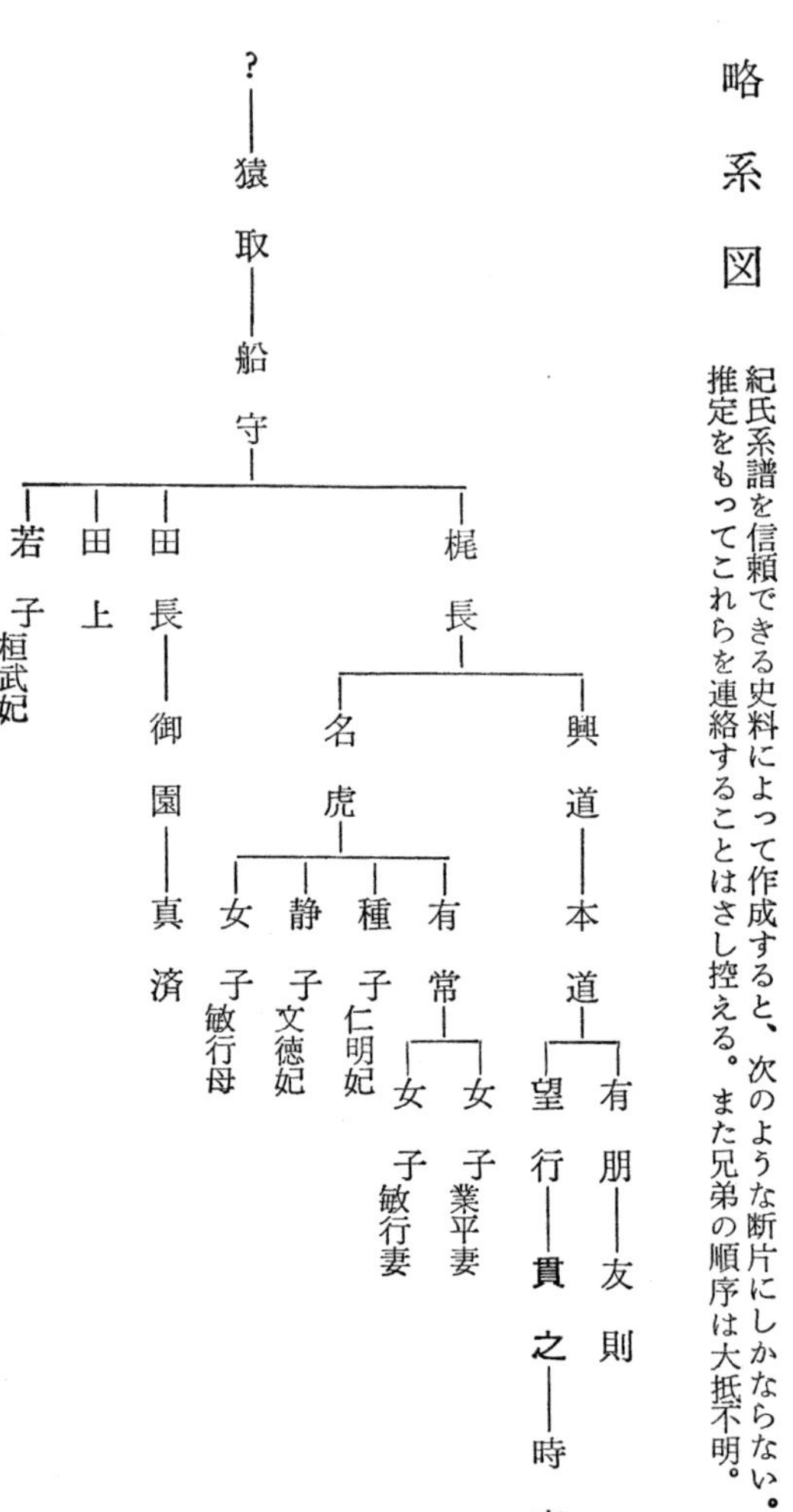

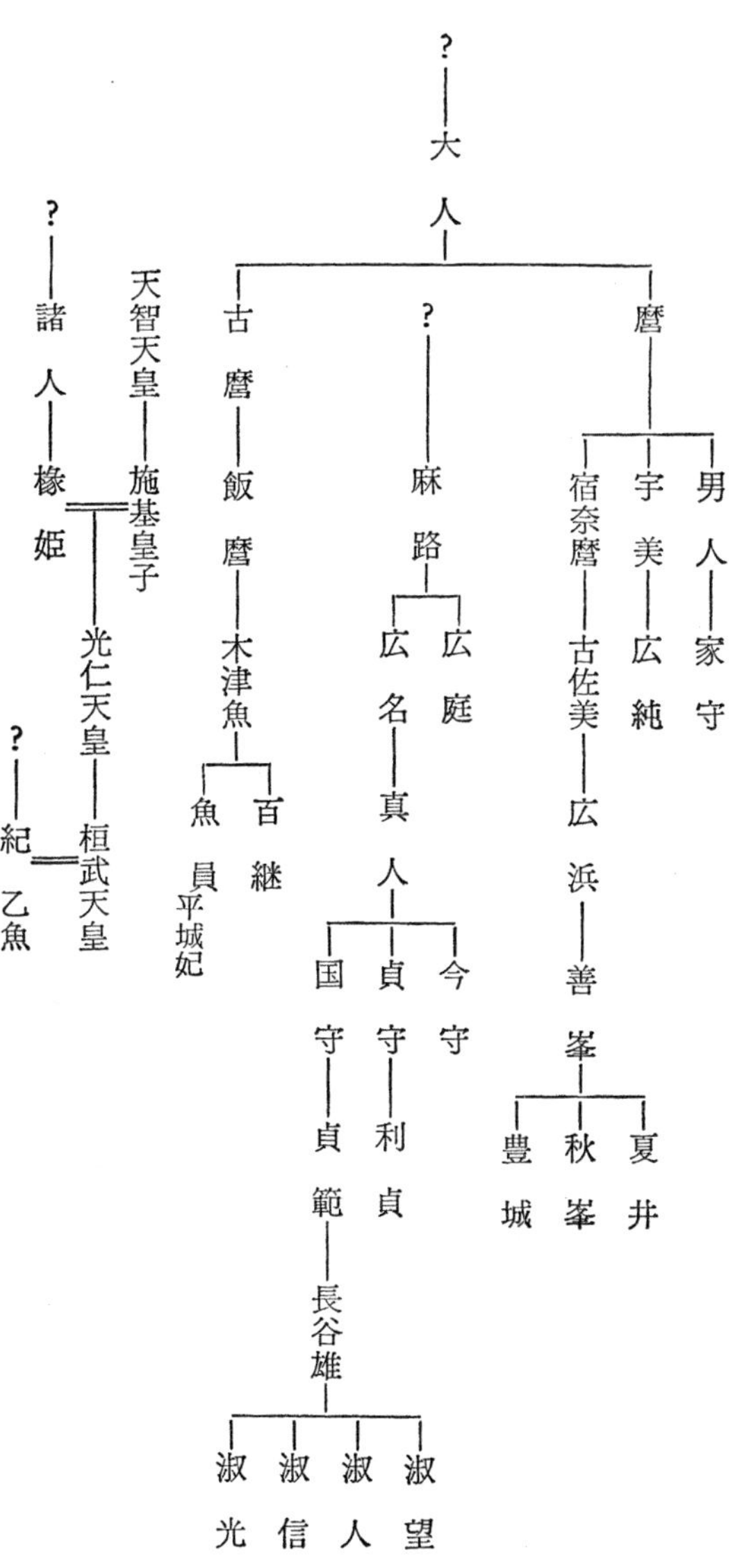

?
大人
麿
男人
家守
宇美
広純
宿奈麿
古佐美
広浜
善峯
夏井
秋峯
豊城
?
麻路
広庭
広名
真人
今守
貞守
利貞
国守
貞範
長谷雄
淑望
淑人
淑信
淑光
古麿
飯麿
木津魚
百継
魚員
平城妃
天智天皇
施基皇子
光仁天皇
桓武天皇
?
紀乙魚
?
諸人
椽姫

略年譜

○貫之の生年は、厳密には不明である。便宜上貞観十四年から起算した年数を記した。
○関係事項は大体本文に出てくる人々の消息に限定した。

年次	西暦	年齢	事蹟	関係事項
貞観一四	八七二	一	この頃生る。父は紀望行	七月、惟喬親王出家す○九月二日、藤原良房死す○一一月二九日、藤原基経摂政
一五	八七三	二		一月、紀有常正五位下、藤原敏行従五位下
一七	八七五	四		一月、紀有常雅楽頭、紀利貞少内記
一八	八七六	五		一一月二九日、皇太子貞明親王(陽成天皇)受禅○一二月六日、時康親王(後の光孝天皇)式部卿○是歳、藤原定方生る
元慶元	八七七	六		一月、紀有朋参河介、紀伊乳母従五位下、在原業平左近衛権中将、文屋康秀山城大掾○同月二三日、紀有常死す(六三歳)○是歳、藤原兼輔生る
三	八七九	八		一月、紀有朋従五位下○五月八日、清和上皇落飾○一一月二五日、紀利貞従五位下
四	八八〇	九	是歳以前に父を失う	五月二八日、在原業平死す(五六歳)○一二月一四日、清和上皇死す(三一歳)○同月一四日、基経関白となる○是

	五	八八一	一〇	歳紀有朋死す 是歳、紀利貞死す
	八	八八四	一三	二月四日、時康親王(光孝天皇)受禅○六月五日、基経に勅して百事まず稟して後奏聞せしむ
仁和	元	八八五	一四	源惟城(後敦仁=醍醐天皇)生る○一〇月、遍昭僧正となる
	二	八八六	一五	六月、敏行右近衛少将
	三	八八七	一六	四月二四日、藤原定国蔵人○八月二六日、光孝天皇死し(五八歳)、定省親王立太子・践祚(宇多天皇)○一一月一七日、班子女王(宇多天皇の母)皇太夫人○閏一一月二七日阿衡の紛議起る
	四	八八八	一七	二月一日、定国左衛門少尉○六月二日、基経に詔して阿衡の文叡旨にそむくの意を告げ、さらに万機を関白せしむ○九月二二日藤原胤子更衣○一〇月六日、藤原温子(基経の女)入内
寛平	元	八八九	一八	是歳、源公忠生る
	二	八九〇	一九	一月一九日、遍昭死す(七五歳)
	三	八九一	二〇	基経死す(五六歳)○二月二九日、菅原道真蔵人頭○三月九日、定国侍従○一二月二九日、源是貞を親王となし

四	八九二	二一		四品を授く 三月二一日、定方内舎人○五月一〇日、道真勅を奉じて『類聚国史』を撰進す
五	八九三	二二	『新撰万葉集』に作品採らる。これより以前「寛平后宮歌合」及び「是貞親王歌合」に作品入る	一月二二日、胤子女御○四月二日、敦仁親王を皇太子となす○七月一九日、在原行平死す(七六歳)○九月二五日道真『新撰万葉集』を撰進す
六	八九四	二三		一月三日、藤原高藤従三位○同月七日、源宗于従四位下○二月二八日、凡河内躬恒甲斐権少目○四月二五日、大江千里勅を奉じて『句題和歌』を撰す○八月二一日、道真遣唐大使、紀長谷雄同副使○九月、遣唐使の発遣を止む
七	八九五	二四		八月二一日、無位藤原忠平正五位下○同月二五日、源融死す(七四歳)○一〇月、敏行蔵人頭
八	八九六	二五		一月七日、定方従五位下○閏一月六日、宇多天皇素性の雲林院に行幸す○二月、紀淑望文章生○六月三〇日、女御胤子死す○一一月七日、菅原淑子(道真の女)女御
九	八九七	二六		一月一一日、紀友則土佐掾○二月二〇日、惟喬親王死す○五月、平定文右兵衛少尉○六月二九日、藤原時平大納言、道真権大納言○七月三日、皇太子敦仁親王（醍醐

年号	西暦	年齢	事績	参考事項
				天皇）受禅、宇多上皇「寛平遺誡」を賜う○同月五日、定方右近衛少将○同月九日、兼輔昇殿（元東宮殿上）○同月一九日、胤子に皇太后を追贈す
昌泰 元	八九八	二七	是歳、亭子院女郎花合に作歌○この歳前後に、曲水宴を催し作歌	一月二九日、友則少内記、兼輔殿上の労により讃岐権掾（四月もとの如く昇殿）○四月二〇日、定方次侍従○一〇月二一日、宇多上皇大和宮滝に幸す○是歳、在原棟梁死す
二	八九九	二八		二月一四日、時平左大臣、道真右大臣○同月二四日、定国参議○一〇月二四日、宇多上皇仁和寺に落飾○一一月二四日、宇多法皇東大寺に受戒○閏一二月五日、定国権中納言従三位
三	九〇〇	二九		一月一一日、藤原興風相模掾○同月二八日、藤原高藤内大臣○三月一三日、高藤死す（六三歳）○四月一日、皇太后班子女王死す（六八歳）○七月、法皇金峰山に参詣す○八月一六日、道真家集二十八巻を奏進す○是歳、法皇筑扶島に参詣す
延喜 元	九〇一	三〇	是歳以前、本康親王七十賀の屏風歌を作る	一月七日、定方従五位上○同月二五日、道真大宰権帥に貶せらる○同月二六日、定方

				左近衛少将〇二月一九日、兼輔右衛門少尉〇三月、藤原穏子(基経の女)女御〇同月一五日、大江千里中務少丞〇八月二日、時平ら『三代実録』を撰進す〇同月一九日、時平ら『延喜格』を撰進す〇一二月一四日、本康親王死す〇是歳敏行死す
二	九〇二	三一	五月、中宮の屛風歌	一月七日、兼輔従五位下〇同月二六日、定国大納言〇二月二三日、千里兵部少丞、興風治部少丞、御春有輔左衛門権少志〇三月一三日、勅旨開田並びに院宮及び五位以上の田宅を占有するを禁ず
三	九〇三	三二		二月二五日、道真死す(五九歳)〇同月二六日、兼輔内蔵助〇七月二五日、是貞親王死す
四	九〇四	三三		一月二五日、友則大内記〇二月一〇日、崇象(後保明)親王立太子、定国春宮大夫を兼ぬ〇三月、法皇仁和寺に御室を造営して移御す〇是歳、法皇比叡山に幸し、御堂を千光院に造る
五	九〇五	三四	二月二一日、尚侍満子の用命により定国四十賀の屛風歌を作る〇同月二九日、「平定文家歌合」	四月一四日、法皇比叡山戒壇院において受戒〇五月一五日、皇后(宇多后)藤原温子落飾〇八月、時平らに勅して『延喜式』を撰ばしむ〇九月、法皇金峰山寺に参詣す

			に作品入る○四月一八日、『古今和歌集』撰進の勅を奉ず	
延喜 六	九〇六	三五	二月、越前権少掾に任ず（これより先御書所預となる）○是歳内裏の月次屏風八帖の料の歌四十五首を奉る	一月、平定文・紀淑望ともに従五位下○七月三日、定国死す(四〇歳)○是歳、法皇四十賀
七	九〇七	三六	二月二七日、内膳典膳○九月一〇日、法皇の大堰河御幸に供奉	一月一三日、躬恒丹波権大目○二月、兼輔兼右兵衛佐○是歳頃、友則死す
九	九〇九	三八	この年以後、僧戒撰死す。弔歌を作る	二月、淑望大学頭○四月四日、時平死す(三九歳)○同月九日、定方参議
一〇	九一〇	三九	二月、少内記	兼輔従五位上・右衛門佐○九月二五日、法皇比叡山にて灌頂を受く
一一	九一一	四〇		一月一三日、躬恒和泉権掾
一二	九一二	四一	一二月、定方の尚侍満子に賀奉る時の歌を作る○是歳、定方の賀に作歌	二月一〇日、中納言紀長谷雄死す(六八歳)
一三	九一三	四二	三月一三日、亭子院歌合に作歌○四月、大内記○一〇月一三日	一月、兼輔左少将、定方権中納言従三位○四月、源公忠掃部助

一四	九一四	四三	内裏菊合に作歌○同月一四日、内裏の仰せにより尚侍満子の四十賀屏風歌	三善清行封事十二カ条を上る○六月二五日、忠平右大臣
一五	九一五	四四	二月二五日、法皇の命により女一宮勧子内親王の屏風歌 閏二月二五日、内裏の仰せにより斎院の屏風歌○九月二二日、清和の七の宮の御息所の命により右大将藤原道明の屏風歌○一二月三日、藤原保忠(時平の子)の命により時平の北の方廉子女王五十賀の屏風歌	六月二五日、源宗于相模守○是歳、天災疫癘多し
一六	九一六	四五	内裏の仰せにより斎院の屏風歌	三月七日、天皇、法皇五十の算を賀す○九月二三日、法皇石山寺に幸す
一七	九一七	四六	一月七日、従五位下○同月、加賀介○八月、宣旨により作歌○冬、敦慶親王の屏風歌	一月二九日、坂上是則少内記○八月二八日、兼輔蔵人頭○是歳、定方四十賀
一八	九一八	四七	二月、美濃介○同月、女四宮勧	参議三善清行死す(七三歳)

			子内親王の御髪上げの屏風歌○四月二六日、東宮の屏風歌○是歳、承香殿女御の屏風歌	
延喜一九	九一九	四八	春、内裏の仰せにより東宮御息所の屏風歌	是歳、淑望死す
二〇	九二〇	四九		一月二〇日、定方大納言
二一	九二一	五〇	兼輔の参議に任ぜられしを祝う	一月七日、定方正三位○同三〇日、兼輔参議
二二	九二二	五一	三月一〇日、国忌に不参を許さる	一月七日、兼輔従四位上
延長元	九二三	五二	六月、大監物	三月二一日、皇太子保明親王死す(二一歳)○四月二〇日、道真の本官を復す○同月二九日、皇孫慶頼王を皇太子とす○九月五日、藤原師輔従五位下○同月二七日、平定文死す
二	九二四	五三	五月、中宮隠子の屏風歌○左大臣忠平北の方の四十賀屏風歌	一月七日、是則従五位下○同月二二日、定方右大臣
三	九二五	五四		皇太子慶頼王死す(五歳)○一〇月二一日、寛明親王立太子
四	九二六	五五	八月二四日、民部卿藤原清貫六	一月七日、定方従二位

			十賀の屏風歌○九月二四日、京極御息所の命により法皇六十賀の屏風歌	
五	九二七	五六	九月、左大臣忠平前栽合負態の時洲浜の作歌	一月、兼輔中納言従三位
六	九二八	五七	中宮穏子の屏風歌を右近権中将実頼のために代作	
七	九二九	五八	九月、右京亮○一〇月一四日、女八宮修子内親王の命により元良親王四十賀の屏風歌	一月二九日、公忠右少弁○一〇月二三日、雅明親王死す（一〇歳）○是歳、忠平五十賀
八	九三〇	五九	一月、土佐守○是歳、兼輔諒闇の間に母を失い、弔歌を土佐より送る○是歳、定方の命により章明親王元服の日作歌	一月、是則従五位下○二月二八日、敦慶親王死す（四四歳）○六月二六日、清涼殿に落雷、以後天皇不予○九月二二日、寛明親王（朱雀天皇）受禅。忠平摂政○同月二九日、醍醐上皇死す（四六歳）○是歳、章明親王元服
承平元	九三一	六〇		四日、兼輔醍醐寺造営に当る○閏五月一一日、師輔蔵人頭○七月一九日、宇多法皇死す（六五歳）
二	九三二	六一		八月四日、定方死す（六〇歳）○是歳、兼覧王死す
三	九三三	六二	八月二七日、北の宮の裳着の屏	二月一三日、仲平右大臣○同月一八日、兼輔死す（五七

			風歌	歳）〇一〇月二四日、公忠右中弁〇同月二四日、宗于右京大夫
承平四	九三四	六三	一二月二一日、土佐の国府を発す	五月九日、山陽・南海道諸社に奉幣して海賊平定を祈る
五	九三五	六四	二月、帰京〇九月、清和七親王の御息所の六十賀の屏風歌〇一二月、実頼の男女子の元服・裳着の歌〇同月、内裏の屏風歌〇是歳、忠平に供して白河殿へ行き作歌。大納言藤原恒佐の扇合に作歌。師輔室勤子内親王の四条宮に詣ず。大宰帥橘公頼の送別歌を代作	二月、平将門伯父国香を殺す〇一二月二三日、師輔参議
六	九三六	六五	春、忠平・貴子父子の邸の障子に歌を書く。実頼のために屏風歌〇是歳、侍従藤原師尹の屏風歌	一月、公忠正五位下〇六月、紀淑人を伊予守に任じ、海賊を追捕せしむ〇八月、忠平太政大臣
七	九三七	六六	一月、内裏の屏風歌〇是歳、右	一月、仲平左大臣〇一〇月一三日、藤原満子死す〇是歳

天慶元	九三八	六七	大臣恒佐の屏風歌 帰京後よりこの頃まで藤原忠平実頼・師輔にしきりに官職なきを訴う○是歳、周防国にあり	陽成院七十賀 六月二三日、師輔権中納言従三位○一一月五日、師輔室勤子内親王死す○一二月一七日、藤原伊衡死す
二	九三九	六八	二月二八日、周防国にて紀貫之家歌合を催す○四月、右大将実頼の屏風歌○閏七月、右衛門督源清蔭の屏風歌○是歳、宰相中将藤原敦忠の屏風歌	三月三日、源経基上京、平将門の謀反を奏す○一一月二三日、源宗于死す○一二月二六日、藤原純友、備前介藤原子高らを虜にす
三	九四〇	六九	三月、玄蕃頭○五月一四日、旧の如く朱雀院別当に補す	二月一四日、平貞盛・藤原秀郷ら将門を誅す○一一月七日、周防国鋳銭司焼かれしを奏す
四	九四一	七〇	一月、右大将実頼の屏風歌○三月、内裏の屏風歌○同月二八日近江守公忠の送別歌	六月二〇日、純友誅せらる○一一月、忠平関白
五	九四二	七一	四月、内侍の屏風歌○同月石清水臨時祭に歌作って奉る○九月、内裏の屏風歌○是歳、亭子院の屏風歌。実頼に不遇を訴う	

年号	年	西暦	年齢	事項	一般事項
天慶	六	九四三	七二	一月七日、従五位上○同月、大納言師輔の魚袋返却の歌を代作す	一二月七日、公忠兼右大弁
	七	九四四	七三		四月、実頼右大臣○九月二日、大暴風雨。紀文幹圧死す
	八	九四五	七四	二月、内裏の屏風歌○三月二八日、木工権頭○是歳、一〇月以前に死す	九月五日、仲平死す(七一歳)○是歳、公忠病により右大弁を辞す○一〇月、壬生忠峯「和歌体十種」の序を草す
	九	九四六			四月二八日、皇太弟成明親王(村上天皇)受禅
天暦	元	九四七			四月二二日、改元

参考文献

1　貫之の著作

萩谷朴校註『土佐日記』（「日本古典全書」朝日新聞社）

実は「貫之全集」と名付けるべきもので、『土佐日記』・『貫之集』のほか彼の和歌及び散文のすべてを集録している。『土佐日記』のテキストは他にも多い。

『古今和歌集』

『新撰和歌』（「群書類従」和歌部）

これもテキストと註釈は多い。

2　文学資料

『後撰和歌集』・『古今和歌六帖』・『大和物語』・『平安朝歌合大成』Ｉ（萩谷朴私家版）

大成は貫之生前の歌合をすべて掲げて精細な考証を附している。

『群書類従』和歌部・『続国歌大観』・『桂宮本叢書』・飯島春敬・久曽神昇『西本願寺本三十六人集』・『私家集大成』中古Ⅰ

同時代歌人の私家集は大抵これらに収む。なお久曽神昇『三十六人集』(塙書房)が手引きとして便利。

3 伝記

『大日本史料』第一篇ノ八

西下経一「紀貫之」(『日本文学講座』Ⅱ 河出書房)・風巻景次郎「紀貫之」(『国語と国文学』二九ノ一〇)・萩谷朴「紀貫之」(『国文学』昭和三二年七月)・松田武夫「紀貫之」(『日本歌人講座』Ⅱ)・尾上柴舟「紀貫之」(歴代歌人研究)

それぞれ碩学の筆で、簡にして要を得ている。

『勅撰作者部類』(山岸徳平編『八代集全註』所収)・『古今和歌集目録』(「群書類従」和歌部)・『三十六人歌仙伝』(同上)

貫之及び同時代歌人の略伝を収む。

4 時代史料

『日本紀略』・『扶桑略記』・『公卿補任』・『大鏡』（以上「国史大系」所収）・『三代御記』（「続々群書類従」五）・『貞信公記』（「大日本古記録」）・『九暦』（同上）

現代の概説書は略す。

5 論文

一々挙げることができない。『国語国文学研究史大成』（三省堂）の『平安日記篇』・『古今集・新古今集篇』や雑誌『国文学』昭和三二年七月号所載「古今集文献目録」等を参照されるといい。

著者略歴

一九二一年生れ
一九四五年東京大学文学部国史学科卒業
長岡工業高等専門学校助教授、文部省教科書調査官、聖心女子大学教授等を歴任、文学博士
二〇〇〇年没

主要著書

漂泊―日本思想史の底流―　王朝のみやび　西行の思想史的研究　西行　数奇と無常　南城三余集私抄　史伝後鳥羽院

人物叢書　新装版

紀貫之

一九六一年（昭和三十六）八月十五日　第一版第一刷発行
一九八五年（昭和六十）十一月一日　新装版第一刷発行
二〇〇八年（平成二十）十月十日　新装版第四刷発行

著者　目崎徳衛（めざきとくえ）
編集者　日本歴史学会　代表者　平野邦雄
発行者　前田求恭

発行所　株式会社　吉川弘文館
東京都文京区本郷七丁目二番八号
郵便番号一一三―〇〇三三
電話〇三―三八一三―九一五一〈代表〉
振替口座〇〇一〇〇―五―二四四
http://www.yoshikawa-k.co.jp/
印刷＝株式会社　平文社
製本＝ナショナル製本協同組合

『人物叢書』（新装版）刊行のことば

人物叢書は、個人が埋没された歴史書が盛行した時代に、「歴史を動かすものは人間である。個人の伝記が明らかにされないで、歴史の叙述は完全であり得ない」という信念のもとに、専門学者に執筆を依頼し、日本歴史学会が編集し、吉川弘文館が刊行した一大伝記集である。

幸いに読書界の支持を得て、百冊刊行の折には菊池寛賞を授けられる栄誉に浴した。

しかし発行以来すでに四半世紀を経過し、長期品切れ本が増加し、読書界の要望にそい得ない状態にもなったので、この際既刊本の体裁を一新して再編成し、定期的に配本できるような方策をとることにした。既刊本は一八四冊であるが、まだ未刊である重要人物の伝記についても鋭意刊行を進める方針であり、その体裁も新形式をとることとした。

こうして刊行当初の精神に思いを致し、人物叢書を蘇らせようとするのが、今回の企図である。大方のご支援を得ることができれば幸せである。

昭和六十年五月

日本歴史学会

代表者　坂本太郎

〈オンデマンド版〉
紀貫之

人物叢書　新装版

2021年（令和3）10月1日　発行

著　者　目崎徳衛（めざきとくえ）

編集者　日本歴史学会
代表者　藤田　覚

発行者　吉川道郎

発行所　株式会社　吉川弘文館
〒113-0033　東京都文京区本郷7丁目2番8号
TEL　03-3813-9151〈代表〉
URL　http://www.yoshikawa-k.co.jp/

印刷・製本　大日本印刷株式会社

目崎徳衛（1921～2000）

ISBN978-4-642-75018-9